Mianjeke Auteur

12-2019. L'amour est plus fort que tout
04-2020. Tout peut basculer en une fraction de seconde

© 2020 Mianjeke,
Édition : BoD – Books on Demand, 12/14 rond-point des Champs-Élysées, 75008 Paris
Impression : BoD - Books on Demand, Norderstedt, Allemagne
ISBN : 9782322222421
Dépôt légal : Mai 2020

Tout peut basculer en une fraction de seconde…

Mianjeke

1- Inès.

Il est midi, il fait très beau et chaud, le soleil brille dans le ciel. C'est une belle journée pour en finir. Il faudra un certain temps à Mickey pour s'apercevoir de mon absence. Il a de quoi manger et boire pour deux jours au moins. Il va mener sa vie tranquillement, sans se rendre compte de rien. Un chat, c'est très indépendant finalement, ça mène sa vie comme ça veut, ça mange ou demande des câlins à son bon vouloir. Le reste du temps, il peut vous arriver n'importe quoi, lui, il se balade et ne pense même pas à vous, si ça se trouve. Comment savoir ce qu'il se passe dans la tête d'un chat quand il est en vadrouille !
Ces derniers temps ont été si durs et éprouvants pour moi. Les gens ne comprendront pas mon geste sans doute. Il faudrait avoir vécu et subi ce qu'il m'est arrivé pour comprendre, peut-être ? Certaines personnes n'en seraient sans doute pas arrivées au même niveau de réflexion ou de dégoût de la vie que moi ! Comment savoir si je prends la bonne décision ? L'heure n'est plus aux tergiversations, j'ai pris ma décision et je dois m'y tenir.
En croisant deux jeunes filles qui se bécotaient, j'en

viens à me demander si je n'aurais pas été plus heureuse avec une fille ? Elles avaient l'air si bien ensemble, pleines de rêves, d'amour, d'insouciance. Il doit bien sûr y avoir des filles mauvaises sur cette terre, j'en suis certaine. Même, pourquoi pas, plus méchantes que des hommes, mais en général, elles sont plus douces, plus aimantes et câlines que les hommes. Elles donnent la vie, c'est cela, sans doute, qui leur donne cette tendresse innée, ce besoin de prendre soin de l'autre que n'ont pas les hommes. Ces derniers souvent sont plus inquiets des besoins matériels de la famille.
Quelle aurait été ma vie si j'étais tombée amoureuse d'une fille ? J'ai du mal à m'imaginer la chose, bien sûr, mais je suis certaine que ça ne doit pas être si mal que ça. Il y a tellement de défauts purement masculins qui m'insupportent. Après, n'ayant jamais connu ce genre d'expérience, il doit y avoir des points particuliers dans ce genre de relation dont je n'ai pas idée aujourd'hui. Cela sera peut-être mon regret, au moins j'aurais sûrement dit non à ce « fameux Mojito », et je n'aurais pas connu ce calvaire. Quelle ironie, la semaine dernière, je pestais de ne pas arriver à me projeter, de ne pas avoir de projets précis pour mon avenir. Aujourd'hui c'est encore le cas, mais pour des raisons totalement différentes. J'ai presque envie d'en rire, si ce n'était

pas si dramatique. Pourquoi avoir accepté ce verre, moi qui ne bois presque jamais d'alcool. Ce bel inconnu avec ses beaux yeux verts, avec qui j'imaginais passer une agréable nuit, avec qui j'aurais eu envie de me projeter pour le coup. « Un Mojito » ? Je ne savais même pas que ça existait, ni de quoi c'était fait ! Le mien avait ce quelque chose de plus qui vous fait sombrer dans un rêve éveillé. Vous devenez témoin, complice, actrice de ce dont il vous arrive sans même pouvoir protester, vous débattre, crier, hurler, vociférer, taper de toutes vos forces avec vos poings, vos pieds, tout ce qu'il vous passerait par la tête pour que ça s'arrête, pour que ça ne commence pas surtout, que ça n'existe pas…
Comme toutes les jeunes femmes de mon âge, j'en avais entendu parler, bien sûr, je savais que ça existait, mais on se dit toujours que ça n'arrive qu'aux autres. C'est parce que c'est si terrible, si effrayant que notre subconscient, sans doute, éloigne cette perspective de nos pensées. La vie serait si dure à vivre si l'on devait à chaque instant se poser mille questions sur ce qu'il pourrait nous arriver. Prenez par exemple un avion qui s'écrase sur la terre ferme. Ce sont des choses qui arrivent, n'est-ce pas ? Mais si à chaque pas que l'on fait, on devait se demander s'il n'y a pas un avion qui va nous tomber sur la tête, ou tout autre catastrophe qui hélas peut survenir d'un instant à l'autre, la

vie serait tout bonnement invivable. Alors, pour que nous puissions passer nos vies d'insouciants sans problème, notre cerveau met une chape de plomb sur toutes ces éventualités qui nous saperaient le moral. C'est mieux ainsi pour la plupart des gens, et pour moi aussi, jusqu'à ce soir-là. Il doit y avoir en chacun de nous un signal d'alerte, une sorte de gyrophare intérieur qui nous avertit d'un danger imminent. Le mien n'a pas fonctionné. À qui dois-je me plaindre ? Était-il sous garantie ? La bonne blague, c'est le genre de défaillance qui coûte très cher, et je n'avais pas pris d'assurance pour cela.

Si seulement Steeve, je crois bien que c'était le nom qu'il m'avait donné, avait été le seul impliqué dans cette saloperie, j'aurais pu, peut-être, me persuader que c'était une nuit torride à laquelle nous avions participé de notre plein gré tous les deux, en adultes responsables. Mais le fait qu'il en fasse profiter toute sa bande de copains ne me laissait aucune chance de refaire l'histoire. J'avais bien été droguée ce soir-là et emmenée dans sa voiture pour ce qu'il convient d'appeler un viol en bande organisée. Cette foutue drogue du violeur qui passe comme une lettre à la poste dans un « Mojito ». Pourquoi les salopards qui ont inventé cette pourriture ont choisi que la victime soit extrêmement consciente de tout ce qu'il se passe, dans les moindres détails. Si seulement cela agissait comme une drogue forte qui empêche les gens de se souvenir de ce qu'il s'est réellement passé. Cela laisserait une chance de tirer un trait sur cet épisode terrible car finalement non vécu dans son conscient et donc inexistant. Mais non, ces pervers en ont décidé autrement, ils voulaient que les victimes n'en perdent pas une miette, bande de salauds !

Je ne sais même pas si un des effets pervers de cette drogue est de rendre les choses plus longues que dans le réel. Cela m'a paru interminable, si seulement un coup chacun leur eut été suffisant, mais non, ils en redemandaient encore et encore. Finalement, cela a sans doute duré des heures, cela a dû être très long, cela n'était pas dû à un effet pervers de cette poudre magique. J'ai vraiment vécu l'enfer.

Les concepteurs de cette saloperie auraient pu faire en sorte qu'elle inhibe l'odorat. Ils n'y ont pas pensé non plus, hélas, et ces porcs sentaient mauvais, ils puaient l'alcool et la transpiration. L'hygiène ne devait pas être une de leur priorité, le viol oui en revanche. Comment peut-on faire subir cela à quelqu'un sans aucun remords, aucune morale ? Ne pensent-ils pas en faisant cela que leurs mères ou sœurs pourraient très bien en être victime un jour aussi ? Est-ce que cela ne devrait pas être insupportable comme idée et être assez dissuasif pour qu'ils ne passent jamais à l'acte ? Il faut croire que non, qui sait, ces porcs sans morale ont peut-être commencé par faire subir ça à leurs sœurs ou à leurs mères ? Il faut que j'arrête de penser encore et encore à ça sinon je ne tiendrai pas jusqu'à 21 h 00, heure du passage à l'acte. Pourquoi ai-je choisi cette heure précise ? C'est comme un dernier clin d'œil à la vie, je suis née à cette heure-là précisément il y a un peu plus de 31 ans. Comme ça, s'il y a un comptable là-haut, ça lui facilitera les calculs. Comment puis-je encore avoir ce genre de pensée loufoque, je me le demande.

Et Mickey ? Non, il ne faut pas que j'y pense, d'ici deux jours, il aura refait sa vie chez quelqu'un d'autre, pourvu qu'il ait son eau fraîche et ses croquettes, le reste, il s'en accommodera. J'ai emmené les deux parpaings ce matin à la fraîche pour ne rencontrer personne et me voilà maintenant en direction de la digue. Il ne me reste plus qu'à accrocher ces derniers ensemble puis à ma cheville et le tour sera joué. Je ne suis pas experte en nœud, mais bon, ce n'est pas pour un concours n'est-ce pas, pour ce qu'ils vont servir ! L'essentiel sera qu'ils tiennent juste assez pour m'entraîner au fond de la mer, même si elle n'est pas très profonde, ce sera suffisant puisqu'il parait qu'on peut se noyer dans un verre d'eau, il y aura donc un nombre de verres suffisant, n'est-ce pas ?

Voilà, maintenant, on attache tout cela soigneusement à la cheville. Je prends les parpaings en main. Ho la vache ! C'est lourd quand même, heureusement que je ne fais pas ça tous les jours… Un dernier coup d'œil à la montre : 20 :59 :48… Allez je commence le compte à rebours dans ma tête, puis : 4, 3, 2, 1 Go, un grand pas en avant puis un plouf gigantesque…

2- Marion.

Je marche tranquille sur le trottoir lorsqu'un crissement de pneus me fait sursauter. Une jeune fille qui traversait la rue juste un peu derrière moi, son casque rivé sur les oreilles, vient de se faire renverser par une voiture. Elle ne devait pas faire attention, perdue dans ses pensées, bercée par sa musique, et a traversé au mauvais moment, au mauvais endroit.

Le conducteur ainsi que quelques passants se sont précipités vers elle, couchée sur le bitume, afin de voir comment elle allait. Elle se relève péniblement, mais a l'air de tenir sur ses deux jambes. Cela s'est passé juste devant une pharmacie, aussi, je devine que les gens lui conseillent d'aller à la pharmacie. Le conducteur est en train d'appeler avec son portable, je présume qu'il appelle les secours. La jeune fille est maintenant assise sur une chaise du bistrot qui se trouvait au coin de la pharmacie, on lui a apporté un verre d'eau. Même pas cinq minutes après, un camion de pompiers arrive sirènes hurlantes.

Visiblement, il y a eu plus de peur et d'émotions que de mal, tant mieux pour cette jeune fille. Le conducteur n'allait pas trop vite et sans doute était-il sur ses gardes de voir cette fille étourdie avec ses écouteurs dans les oreilles. Du coup, le choc avait été moins violent que cela aurait pu l'être. Un chauffeur inattentif ou roulant à vive allure, comme c'est souvent le cas sur cette route, et la jeune fille aurait fait un bond de quelques mètres lui causant sans nul doute des blessures très graves, voire même sa mort. Sa vie, se serait arrêtée sur ce morceau de musique qu'elle aimait tant. Triste fin, cela me fait froid dans le dos de me dire que la vie peut basculer d'un moment à l'autre, à chaque instant. On est tranquille, joyeux, serein, notre vie est un enchantement, on a une belle maison, de beaux enfants, un mari adorable, une belle situation et en une fraction de seconde, la musique s'arrête, le public se retire, fin de la prestation, retour à l'envoyeur... Waouh, on croit tout maîtriser, mais en fin de compte, on n'est vraiment rien sur cette terre, à la merci de tellement de choses, d'évènements, de circonstances, parfois même pas atténuantes. C'est pour cela qu'il faut profiter de chaque instant comme si c'était le dernier et ne pas se projeter trop loin dans l'avenir. Il est bon de vivre pleinement l'instant présent. C'est ma nouvelle philosophie, et même si j'en ai énormément voulu à Paul pour ce qu'il m'avait fait, j'ai su lui être reconnaissante de m'avoir permis de tout remettre à plat et de repartir sur des bases saines. Certes, la trahison fait encore mal, on ne balaye pas quatre ans de vie commune d'un geste de la main. Mais je me rends compte que ma vie était dans une impasse, aussi bien sentimentalement que professionnellement. Sans cette tromperie, je serais restée encore combien de temps à végéter ainsi ? N'ayant aucune raison de changer quoi que ce soit dans ma vie, celle-ci aurait continué ainsi des années et des années. Devoir travailler plus que les autres parce qu'on est une femme. Ne surtout pas attendre de remerciement ou de valorisation, cela ne se fait pas dans un monde de machos ! Mener sa petite vie monotone auprès d'un compagnon qui ne veut pas s'engager (ni dégager d'ailleurs), qui ne veut pas d'enfant, qui n'a pas de projets autres que ses parties de cartes entre copains, ses parties de football entre amis et bien entendu sa liberté de regarder des belles filles dans la rue. « Cela ne fait pas de mal » disait-il. Sur ce point-là, il n'avait pas tout à fait tort, ça fait toujours moins mal que de l'avoir retrouvé au lit avec ma meilleure amie. C'était une journée banale, comme une autre, un samedi où il était parti un peu avant moi pour rejoindre ses copains pour une partie de cartes. Moi de mon côté, j'étais partie au travail et ne devais rentrer que vers 13 h 00. Mais voilà, de fortes douleurs abdominales m'ont décidée à partir plus tôt, (je devais sentir dans mes entrailles qu'on me faisait du mal peut-être ?). Cela me valut des réflexions comme quoi les hommes sont payés plus que les femmes parce que « eux », ils n'ont pas des « pets de travers » toutes les 5 minutes… Typiquement macho ! Je rentrais donc aussi vite que possible, les douleurs par moment étaient terribles, mais je ne voulais pas avoir, ni causer un accident en plus. J'avais du mal à monter les escaliers, heureusement nous habitions au premier. Arrivée devant la porte, alors que normalement, j'étais certaine d'être seule à la maison à cette heure-ci, je ne cherchais pas mes clefs dans mon sac, machinalement, j'actionnais la poignée et je ne fus presque pas surprise que la porte s'ouvre. Un sixième sens féminin peut-être, ou bien un mauvais pressentiment, me conduisit directement dans la chambre à coucher. Sur le coup, la douleur abdominale devenait secondaire comparée au coup de poignard en plein cœur que je venais de prendre, mais ma surprise n'était pas encore arrivée à son comble. Quand la jument qui chevauchait mon homme, pris en flagrant délit d'adultère, surprise de voir son bel étalon s'arrêter et regarder par-dessus son épaule se retourna, le visage de ma meilleure amie visiblement comblée de bonheur me crucifia sur place. J'avais du mal à hiérarchiser lequel des deux m'avait le plus anéantie à ce moment précis. Le plus drôle, enfin façon de parler, a été sa façon naturelle de me dire « salut Marion », comme si je venais de l'accueillir à la porte d'entrée. Quel aplomb ! Si une carrière d'actrice ne lui était jamais venue à l'esprit, c'était bien dommage, elle avait un sacré potentiel à mes yeux.

Je n'avais qu'une envie, c'était de prendre un cachet et de m'étendre sur mon lit. Pouvais-je encore appeler cela mon lit ? Dans un sourire nerveux, je leur lançais « faites comme si je n'étais pas là » qui résumait assez bien ce qu'ils étaient en train de faire deux minutes avant. Je me précipitais dans la salle de bain pour prendre un cachet et j'allais m'étendre sur le lit de la chambre d'enfant qui n'avait chez nous aucune utilité, jusqu'à ce jour. Je luttais de toutes mes forces pour chasser de ma vue cette scène surréaliste où je voyais ma meilleure amie baiser avec mon mec, mais les images étaient tenaces. À bien y réfléchir, ce que j'avais pris pour de la gêne d'être pris sur le fait, n'était sans doute que de la contrariété de ne pas finir ce qu'ils avaient commencé. Des commentaires de ma meilleure amie me revenaient en boucle, elle n'était pas la dernière pour fustiger ces « nanas » qui prenaient des mecs mariés sans vergogne, quelle belle hypocrite. Il me fallut un bon moment pour que le cachet fasse son effet et que la douleur devenant supportable, je m'assoupisse enfin. J'avais dormi une paire d'heures environ, quand il passa sa tête dans l'encadrement de la porte avec la mine d'un enfant qui a fait une grosse bêtise.

_ Qu'est-ce qu'on fait, alors ? Demanda-t-il d'une voix qui n'était pas la sienne habituellement, lui qui était toujours plein d'assurance.

_ Moi je ne sais pas encore, mais toi tu prends tes cliques et tes claques et tu te barres chez ta copine, tes potes, ta mère ou au diable, comme bon te semble, mais tu ne restes pas une seconde de plus sous mon toit.

_ Mais…

_ De grâce, épargne-moi au moins ta séance d'excuses bidons, et tes déclarations qui arriveraient hélas au plus mauvais moment. J'aurais tellement aimé entendre un « je t'aime ma chérie » il y a quelques heures, quelques jours, mais surtout pas maintenant.

Comprenant que ce n'était pas négociable, je l'entendis prendre quelques affaires qu'il jetait dans son sac de sport et puis le bruit des clefs sur le guéridon de l'entrée et la porte qui claque derrière lui. Voilà, c'était le clap de fin d'une relation de quatre années. Des années à espérer, mais qu'y avait-il à espérer de cette relation ?

Au moins c'était certain, maintenant il n'y avait plus rien à attendre, ni à espérer. Je me levai et me dirigeai vers la cuisine pour me préparer un thé au miel.

Je m'installai sur la terrasse avec mon mug de thé fumant et repassai en boucle ces images sordides qu'il me fallait à tout prix oublier et chasser de mon esprit. J'orientai plutôt mes pensées sur une réflexion que je m'étais faite, il y a quelque temps de cela, à propos de l'héritage de mon pauvre père, une coquette somme d'argent que j'avais sur mon livret. Je me souviens avoir rapidement calculé qu'il me permettrait de passer plus de quatre années sans travailler, en menant au moins la même vie qu'aujourd'hui, même mieux que ça. J'avais regardé sur Internet quelques idées de road trip et encore, je n'avais pas tenu compte que sans travail, je n'aurais plus d'impôts à payer et donc cela me permettrait sans doute d'en profiter encore un peu plus longtemps. Tout à coup, l'idée me parut géniale et venant au bon moment. Je lâche tout et je m'évade à l'aventure où le vent décidera de m'emmener. Quel plaisir d'aller voir mon patron et de lui dire qu'il pouvait se mettre à la recherche de trois gentils garçons tout fraîchement sortis de l'école pour me remplacer (hé oui, il lui faudrait bien ça, je pense, même s'il ne pourrait jamais me l'avouer). Moi la femme qui ne méritait jamais de remerciements, ni d'encouragements, celle qui avait un « pet de travers » toutes les cinq minutes… Humm, ce sera un super moment, je me languissais déjà lundi matin. Pour commencer, j'arriverai avec une bonne heure de retard, comme ce bon Alfred (mais lui, c'est normal vu son âge, et puis on le connaît bien, il faisait cela depuis si longtemps, que c'était rentré dans les mœurs). Ce bon Alfred qui ne foutait pourtant pas grand-chose, mais qui avait régulièrement des augmentations, hé oui, c'était une figure de l'établissement, n'est-ce pas, et puis cela l'encourageait, m'avait dit mon bon patron. Ça l'encourageait à faire ses micro-siestes surtout (de moins en moins micro d'ailleurs). Comme ça, j'irai directement dans le bureau du patron, sans même prendre la peine de fermer la porte, après tout, ce que j'avais à dire ne devait surtout pas être confidentiel. Je lui gâcherais son plaisir de me passer un savon pour mon retard, car ce que j'avais à lui dire devrait lui clouer le bec pour un bon moment. Vivement lundi…

Je passai le reste de la journée à tout mettre en ordre :

Je passai à la banque pour faire le nécessaire en vue de mon escapade. (Carte de crédit, plafond d'achat et de retrait, Travellers chèques etc…).

J'allai voir ma mère pour lui dire que j'avais décidé de m'occuper de moi (depuis le temps qu'elle employait cette phrase), mais sans doute pas comme elle l'imaginait. Et j'en profitai aussi pour lui déposer mon chat avec tout le barda qui va avec.

Et, le plus important, j'allai voir Lucie (mon amie qui tient sa propre agence immobilière) pour lui confier les clefs et lui laisser l'appartement à louer à sa guise. Je lui signai un contrat standard et lui donnai un RIB pour les versements à venir sur un compte spécialement dédié pour cela. D'ailleurs, il y avait quelques fonds dessus, au cas où il y aurait des travaux à prévoir. Elle avait carte blanche pour cela, je lui faisais entièrement confiance.

Le dimanche matin, j'étais de très bonne humeur, il faisait super beau en plus. Je m'installai sur le balcon avec un thé fumant et je commençai une lettre.

3- Une lettre à la mer (1)

À celui, celle, qui trouvera cette missive !

Je m'appelle Marion, j'ai 33 ans et je travaillais dans une entreprise industrielle comme administrateur de contrat (Contract Manager in English, ça claque mieux) où, sans vouloir me vanter, je faisais un bien meilleur boulot que mes collègues tous masculins et machos par-dessus le marché. Bref, rien d'excitant à bien y réfléchir. Côté sentimental, on va faire vite, j'ai trouvé ma meilleure amie à califourchon sur mon mec dans ma chambre à coucher, après quatre ans de vie commune, une impasse, là aussi me direz-vous. C'est donc libre comme l'oiseau que je me décide à voler de mes propres ailes. J'ai eu la malchance de perdre mon père, que j'adorais plus que tout au monde, beaucoup trop jeune, et la chance si l'on veut, d'avoir reçu une bonne part de son héritage, qui me permet aujourd'hui de vivre mon rêve d'espace et de découverte. Vous qui lisez ces quelques lignes, sachez que je pars à l'aventure. J'ai bien quelques idées d'endroits que j'aimerais visiter, mais je ne me limite pas. Je ne me contrains à aucune règle, ou plutôt si, à deux seulement :

-Vivre pleinement l'instant présent.

-Profiter de ce que la vie me propose au maximum.

C'est un beau programme, ne pensez-vous pas ?

Quand on vient de vivre la trahison que j'ai vécue, et j'aurai sans doute du mal à m'en remettre, j'en suis certaine, on voit la vie différemment du jour au lendemain. Cette aventure sera un bon moyen d'oublier toutes ces années gâchées pour rien. Déjà, en phase avec ma nouvelle philosophie, demain je vais dire mes quatre vérités à mon pauvre patron qui ne s'y attend pas du tout. Cela va me libérer d'un poids énorme que je trimbalais jour après jour, par habitude, sans jamais remettre en question cet ordre établi. Aussi injuste qu'abject, mais tellement dans les mœurs qu'on n'ose pas tout envoyer balader. La plupart du temps, les gens sont tenus à leur travail par l'argent qu'ils doivent impérativement faire rentrer pour payer les factures, le loyer ou les crédits. Alors on se résigne, on se dit que c'est partout pareil. Demain, croyez-moi, je vais vider mon sac et faire faire un grand pas en avant à la cause féminine, certes que dans mon ancienne entreprise, mais c'est un début. Je m'arrête là pour le moment, je donnerai plus de détails sur mon périple lorsque je me serai un peu plus renseignée sur Internet.

(Diffusé aussi sur mon blog : marionglobetrotteuse.unblog.fr)

4- *Un moment délicieux*

Lundi matin, il est 8 h 30 et je devrais être au travail depuis une demi-heure déjà. Je pose mon mug de thé sur l'évier, passe un dernier coup d'œil au miroir de l'entrée pour un dernier check, réajuste quelques mèches de cheveux et je file au travail. Enfin, à mon ancien travail, puisque j'y vais pour leur claquer la porte au nez. Quelle douce journée, comme j'aurais aimé ça avant, aller au travail si sereine, détendue et joyeuse. Si certaines personnes vont au travail dans cet état d'esprit, comme cela doit être doux et agréable ! Finalement, c'est la chance que nous devrions tous avoir, un travail qui n'en paraîtrait pas un. Un endroit où l'on se sentirait bien, accompli et joyeux. Tout le monde devrait pouvoir connaître cette immense joie.

Il est 9 h 05 lorsque je franchis la porte du bureau du patron, je n'ai même pas pris la précaution de frapper avant et je laisse la porte grande ouverte derrière moi. Sa secrétaire est penchée sur lui avec des papiers à la main et lui présente sans doute les prochaines réunions auxquelles il devra assister aujourd'hui. Elle reste stupéfaite de me voir entrer comme une fleur alors qu'il a déjà dû pester et vociférer que c'était inadmissible de ma part de ne pas être à mon poste à l'heure, sans avoir prévenu. Lui, reste sans voix. Il avait dû se préparer à me passer un savon, comme il avait l'art de le faire, mais je venais de le surprendre et ça, il ne s'y était pas préparé.

_ Bonjour Maryse, vous allez bien ? Dis-je à la secrétaire.

De stupéfaite, elle passe rapidement au stade de statue de marbre.

D'un geste de la main, comme s'il voulait chasser des mouches, mon patron fit comprendre à Maryse qu'elle devait nous laisser. Elle quitte le bureau en amenant la porte avec elle, mais je l'intercepte entre temps pour la maintenir grande ouverte. Puis, reprenant une de ses expressions favorites lorsqu'il me demande de faire encore des efforts, je lui lance en le regardant droit dans les yeux.

_ On est une famille, n'est-ce pas Hubert ? Je peux t'appeler Hubert ?

Plus que mon retard d'une heure et mon irruption dans son bureau, mon soudain tutoiement le déstabilise complètement au point qu'il se met à bafouiller pour la première fois depuis que je le connais.

_ Ça va, me demande-t-il ?

_Cela n'a jamais été aussi bien, et toi Hubert, tout va comme tu veux ?

_ Marion, que se passe-t-il, je ne t'ai jamais vu dans un état pareil, tu t'es droguée ou quoi ?

_ Mais pas du tout mon bon Hubert, c'est que tu ne m'as jamais vue auparavant dans ton bureau pour te dire que je démissionne, tout simplement.

_ Tu quoi ? Me dit-il les yeux lui sortant presque de la tête.

_ Je me casse, je quitte ma grande famille, je vous laisse entre hommes, enfin presque, pour cela il te faudra vite remplacer Maryse par un secrétaire homme, un jeune que tu pourras impressionner.

_ Mais tu ne peux pas nous quitter comme ça, tu as deux mois de préavis et puis qu'est-ce qu'il te prend ? Pourquoi cette décision surprenante, que s'est-il passé depuis samedi matin ? Tu as un problème de santé, c'est ça ?

_ Ho je te rassure tout de suite, ma santé n'a jamais été aussi bonne, et il ne s'est rien passé de plus ou de moins depuis samedi. Pourquoi je vous quitte ? Pourquoi j'ose te quitter ? C'est bien ça la question ?

Je porte la voix de plus en plus, tout doucement, mais sûrement. Un rapide regard aux bureaux sur la gauche me rassure sur le fait que personne n'en perd une miette.

_ Pourquoi une si gentille fille comme Marion qui bosse comme quatre mais qui a le plus bas salaire de la société décide de s'en aller ? Cette gentille Marion qui n'est jamais à la hauteur de tous ces mâles qui peuplent notre belle famille, qui ne mérite jamais de félicitations parce que ce qu'elle fait, et bien c'est normal ! Qu'elle soit la seule à ramener de nouveaux contrats juteux, c'est son job n'est-ce pas ? Alors que quand ce bon vieil Alfred, après sa sieste journalière, perd notre plus gros client par négligence, il faut bien qu'elle comprenne qu'Alfred était déjà là avant qu'elle arrive, donc elle lui doit tout, même ses augmentations d'ailleurs. Elle aurait aimé des remerciements quand elle a réussi à récupérer ce gros client, à la seule condition suprême que ce soit elle seule qui s'en occupe. Au lieu de ça, elle a eu droit à des reproches, parce qu'elle aurait dû prêcher pour la paroisse d'Alfred, qui se retrouvait maintenant avec un faible portefeuille d'affaires, qu'elle manquait cruellement d'esprit de famille.

_ J'ai peut-être manqué de te remercier à ce moment-là, c'est vrai, mais quand même, cela ne justifie pas tout ce ramdam, et puis ferme cette porte, ça ne regarde que nous finit par me dire Hubert.

_ D'une cela regarde toute ta bande de cloportes, pardon ta famille, et de deux, vu mon niveau de remerciements, de gratification, et de salaire, tu n'auras aucun mal à répartir mes petites tâches à ta famille de surdoués. Ou bien, tu embaucheras un jeune tout fraîchement sorti de l'école, à qui vous pourrez refourguer tous les clients douteux et misérables pour laisser le nec plus ultra à Alfred qui n'aura qu'à continuer ses siestes, qui sont de plus en plus grosses d'ailleurs, elles sont devenues proportionnelles à son salaire on dirait. Et cela, dès aujourd'hui, car ton préavis, je vais me le passer aux

Bahamas. Je ne pense pas avoir oublié quoi que ce soit, je te prie mon cher Hubert de bien vouloir demander à Maryse, séance tenante, de me préparer mon solde de tout compte, et bien sûr, je t'offre mes deux mois de préavis, vous pourrez organiser un banquet à mon souvenir.

Puis, après ce long monologue, je me retourne, sors puis referme la porte et me dirige jusqu'à mon bureau pour récupérer les quelques affaires personnelles qui s'y trouvent. Les cloportes ont tous leur museau sur leur clavier, pas un seul n'a le courage, ni de me regarder, ni de me saluer.

Je me sens soulagée, renaître en fait. Je me sens moi pour la première fois. À bien y réfléchir, on nous apprend depuis notre plus jeune âge à rentrer dans des moules, à faire attention à ne rien déranger, à faire attention à ce que l'on dit, comment on le dit selon des codes établis. Petit à petit, le piège se referme sur nous, on devient la personne que toutes ces contraintes ont faite de nous, mais notre « moi intérieur » n'existe plus. Il n'a plus sa place ni droit à la parole. Combien de fois, on a envie de dire des choses, de faire des choses, mais on ne le fait pas parce que « ça ne se fait pas, ça ne se dit pas ». Stop. On n'a qu'une vie, et il faut la vivre maintenant, il n'y a pas de deuxième semaine… à partir d'aujourd'hui, j'ai mon « moi intérieur » qui a pris la parole, il a dit ce qu'il avait sur le cœur et ce qu'il trouvait juste de dire, et il ne va pas se taire de sitôt. J'entame ma nouvelle vie, ma vie enfin. Merci Paul !

Ayant ramassé toutes mes affaires, je me dirige vers le bureau de Maryse. Elle a un petit sourire en coin, mais ne dit rien. Au fond d'elle-même, je suis certaine qu'elle jubile de m'avoir entendu leur dire mes quatre vérités, et elle en aurait sûrement encore plus à dire que moi, si elle osait faire parler son « moi intérieur ».

Je relis rapidement la feuille qu'elle me tend. La somme est dérisoire, mais le plus important, c'est que la date de rupture est fixée à aujourd'hui, car c'est aujourd'hui que ma vie commence. Je signe et prends une copie avec moi, je fais la bise à Maryse avec beaucoup de compassion, elle va être seule à supporter les mesquineries et autres commentaires machistes maintenant, je lui souhaite bien du plaisir.

Je quitte les lieux sans même un regard en arrière, c'est comme si je jetais un vieux pardessus à la benne, je ne ferais pas demi-tour pour le voir une dernière fois, n'est-ce pas ?

Je rentre chez moi et avec un bon thé fumant, m'installe sur la terrasse et commence mes recherches sur Internet.

5- *Une lettre à la mer* (2)

Me revoici, j'ai donné ma démission, mais avant cela, je me suis fait plaisir de balancer mes quatre vérités à mon ex-patron. Tout le monde ne peut pas se le permettre, et c'est bien dommage, cela fait un bien fou, si vous saviez… Le plus important, c'est que je me sens enfin libre, merci Paul de m'avoir ouvert les yeux sur mon existence misérable et de m'avoir permis de découvrir la piètre qualité de ton amour pour moi. Je suis certes dévastée, c'est normal, mais j'ai en même temps cette force en moi qui me pousse dans mes derniers retranchements. Celle-là même qui va me permettre de faire ce long voyage au bout de mes rêves. Ma première destination sera Londres. Cela fait depuis toute petite que je suis en admiration pour tous les reportages touchant à la famille royale d'Angleterre. Et puis je pense que c'est un bon choix pour un début. Normalement, j'irai en Italie après ça, mais je ne sais pas encore où, ni quand. Je laisse le vent me porter… Si toutefois une personne recevait ce message, je me doute qu'il y aurait très peu de chance d'avoir la suite dans une deuxième bouteille, c'est pourquoi, je laisserai une lettre à l'accueil de l'hôtel Holiday Inn London-Kensington Forum au nom de « Monsieur ou Madame Saudade », c'est du portugais :

« *Saudade* » exprime un sentiment proche de la mélancolie. Cette mélancolie de savoir quelqu'un ou quelque chose que l'on aime loin de nous, que ce soit géographiquement ou temporellement. Mais « *saudade* » implique également un désir de vouloir mettre un terme à cette distance (qui sait ?). « *Saudade* » peut s'appliquer à tous ces amis rencontrés en voyage et qui nous manquent cruellement sans que l'on puisse savoir quand nous les reverrons, mais également aux villes, aux paysages et aux lieux dont nous sommes tombés amoureux, voire même où nous ne sommes jamais allés ! De nombreuses villes portugaises respirent cette douce mélancolie.

Je ne sais pas si l'hôtel gardera cette lettre longtemps, ni s'ils se souviendront de moi et de ce dépôt ? Mais cela fait partie de l'aventure n'est-ce pas, avec un peu de chance, la personne qui découvrira cette bouteille sera assez curieuse pour se lancer sur mes traces, ce serait fun !

Let's go !!!

Marion

6- *Londres*

Heathrow-London. Me voilà enfin arrivée. Il fait un temps typiquement londonien, ou du moins ce que j'imagine être le climat typique à Londres. Il fait gris, il y a beaucoup de brume ou de pollution, c'est difficile à dire, il fait frais, mais pas vraiment froid. Ma première mission sera de rejoindre l'hôtel. Je sais que la station de métro s'appelle Gloucester Road, mais je n'ai aucune idée de comment m'y rendre. J'essaye tant bien que mal d'intercepter quelqu'un qui ne court pas, ce qui n'est pas évident et je trouve une dame charmante qui m'explique un peu comment fonctionne le métro londonien, un vrai casse-tête pour moi. Finalement, j'arrive à comprendre et noter ce qu'elle me dit. Les indications de la dame étaient bonnes, puisque me voilà à la sortie de la station de métro, je me mets donc en quête de mon hôtel. Au bout de quelques minutes me voilà à l'accueil de l'Holiday Inn. Le réceptionniste (assez charmant pour un anglais) est très courtois et professionnel. Il m'explique l'essentiel à savoir lors d'un check-in et me montre les ascenseurs sur ma droite. Je suis au 20e étage, cela m'offrira une belle vue sur les parcs alentour, à moins que je ne sois déjà dans les nuages à cette hauteur-là.

Une fois arrivée dans la chambre, je dépose ma valise sur le petit meuble prévu à cet effet et inspecte immédiatement la salle de bain. Elle n'est pas très grande mais très fonctionnelle. Je me prendrai un bain une fois que j'aurai rangé mes affaires dans l'armoire. Un petit tour d'horizon à la baie vitrée me confirme que la brume épaisse m'empêche d'y voir grand-chose. Il me semble néanmoins apercevoir un bout de Gloucester Park, si mon orientation est bonne. Je vérifierai cela lors d'une prochaine sortie. Les affaires toutes rangées, la valise déposée au pied de l'armoire, je file me faire couler un bain chaud. L'eau chaude qui m'entoure me procure un plaisir immense, je peux enfin me relaxer et repenser à ce qu'il vient de se passer dans ma vie. Cette trahison de Paul et surtout de ma meilleure amie (comment ont-ils pu me faire un truc pareil ?). Bizarrement, je n'arrive pas à atteindre le niveau de colère et d'humiliation que j'ai ressenti au pied du lit, observant cette scène surréaliste. Non, je suis toujours et définitivement écœurée certes, mais je trouve la force de me projeter et de voir le côté positif de l'histoire. Sachant maintenant que ma relation avec Paul était vouée à l'échec, que j'allais tout droit vers une impasse, finalement, ils m'ont rendu ma liberté. Aujourd'hui, je me lance dans une nouvelle vie, vers l'aventure et je n'ai qu'à penser à moi et moi seule. Ce sentiment est assez fort en moi pour compenser celui d'échec ainsi que la frustration d'avoir subi cette situation et de ne pas l'avoir vue venir. Ma seule crainte maintenant est de savoir si je pourrai à nouveau faire confiance à un homme, à une amie. J'espère qu'avec le temps, je serai à nouveau en confiance avec quelqu'un, suffisamment pour lui ouvrir mon cœur, mais cela devrait prendre beaucoup de temps, j'en ai bien peur. Je sors de mon bain qui m'a fait un bien fou et je me prépare pour aller faire un tour dans le quartier, prendre un peu la température de mon nouveau lieu de vie. Une sorte de crachin et de brume mélangés me tombent sur les épaules. Il fait frais, mais cela me fait du bien de marcher sur ce trottoir, sans destination, ni but précis. Je remarque qu'il y a deux restaurants italiens en face, et un restaurant thaï aussi, c'est bon à savoir. Au bout de la rue, je tourne et remonte encore un peu, puis à force de vadrouiller ainsi, j'arrive à Gloucester Parc. Cela ne fait pas très longtemps que je suis sortie, mais je préfère ne pas insister, au risque d'attraper froid. Je n'ai pas vraiment envie de tester le service de Santé de Sa

Majesté. Je remonte dans ma chambre et me sèche rapidement les cheveux, puis je me fais les plaques pour lisser tout ça. Je décide alors de me poser quelques minutes. Je m'allonge sur le lit et allume la télévision. Je tombe sur une série que je connais bien, et trouve cela marrant de l'entendre en anglais. Le plus surprenant n'étant pas de ne pas y comprendre grand-chose, mais ce sont les voix des acteurs qui sont totalement différentes, c'est choquant. Au bout d'un moment, j'arrive plus ou moins à comprendre et capter certaines phrases, mais je ne me suis toujours pas habituée aux voix. Pour ce premier soir, je ne comptais pas chercher trop longtemps, j'ai donc décidé d'aller au premier restaurant italien en sortant de l'hôtel. Je n'ai pas envie de perdre trop de temps en examinant toute la carte, une pizza végétarienne fera l'affaire. En revanche, je prends un peu plus de temps pour regarder la carte des vins. Je me décide finalement pour un petit vin italien. Le restaurant le propose au verre et cela me convient parfaitement, j'en reprendrai un autre, au besoin. L'hôtel n'est qu'à deux pas et puis je suis piétonne donc pas de risque. Durant ce repas en tête-à-tête avec mon verre de vin, je repasse en boucle les événements qui ont meublé ma vie durant ces dernières années. Contre toute attente, ce ne sont pas les meilleurs moments qui me viennent en premier, mais plutôt les pires. Cela me conforte dans mon choix de changer littéralement de vie et quoi de mieux qu'une escapade autour du monde…

À peine 22 h 00, je décide néanmoins de rentrer à l'hôtel. C'est vrai qu'un repas en solitaire sans personne à qui parler passe beaucoup plus vite. Au petit matin, c'est une désagréable sensation de froid qui me réveille, il ne doit pas être bien tard à première vue. Je vérifie sur mon téléphone qui affiche 05 h 37. Je me lève pour un passage rapide aux toilettes et j'attrape une couverture supplémentaire que je jette grossièrement sur le lit et je me roule à nouveau dans les draps. Une douce chaleur ne tarde pas à m'envelopper et je reprends ma nuit, là où je l'avais laissée. Cette satanée couverture et la chaleur qu'elle m'avait procurée me firent me lever qu'en milieu de matinée. Je décide donc de ne pas prendre de petit-déjeuner et de consacrer le reste de la matinée à rechercher sur internet ce que je prévoie de visiter les jours et semaines à venir. Une fois cette planification accomplie, je sors m'aérer un peu la tête à la découverte de Londres. Je décide de voyager en bus plutôt que de prendre le métro, n'étant pas sûre de m'en sortir d'une et de deux pour voir la ville plutôt que des tunnels.

Le temps est assez agréable, il y a des nuages, mais il ne pleut pas et c'est le plus important vu que je me suis installée à l'étage pour mieux profiter de la ville qui se dévoile peu à peu à moi. Je suis contente de cette visite, j'ai le sentiment de voir une ville que je connaissais déjà, par les différents reportages ou films que j'ai pu voir, mais en même temps, elle me surprend souvent et je découvre des endroits insolites auxquels je ne m'attendais pas du tout.

Les jours suivants, je continuai inlassablement à visiter tous les endroits qui avaient retenu mon attention. Des musées bien sûr, mais aussi des rues, des magasins incontournables comme Harrod's. J'assistai aussi à quelques concerts de différents groupes, pour la plupart inconnus et aussi divers que cela puisse être possible, sans à priori aucun. Je profitais au maximum de mes journées, mais en m'accordant aussi souvent que nécessaire des moments de détente dans un parc ou dans un pub. J'observais les gens, les scènes qui se déroulaient devant moi. Je me demandais ce que j'aurais bien pu faire si j'avais été à leur place. Je m'apercevais qu'en général, on ne se met jamais à la place des autres. On vit notre vie en regardant cela par le filtre de nos yeux, notre cœur, notre vécu, sans jamais se dire « et si j'étais l'autre, comment je la vivrais cette expérience ? ». Était-ce par peur de ce que l'on pourrait découvrir ? Ou bien par fainéantise ou égoïsme ? Finalement à ne juger une situation que de notre point de vue, qui doit être faillible forcément, cela ne nous aide pas et emmène son cortège de conflits que l'on pourrait certainement éviter avec un peu plus d'ouverture d'esprit, d'ouverture vers l'autre. Quelques jours plus tard, je décidai de prendre un moment pour moi dans un Parc qui me semblait calme et reposant. Je me dirige vers une fontaine et j'aperçois quelques oiseaux qui viennent s'y abreuver et faire la toilette. À quelques mètres de la fontaine, je vois une bande de jeunes garçons qui squatte un banc. Ils ont un appareil qui crache de la musique. Le volume n'est pas très fort, mais je suis suffisamment proche pour reconnaître du Rap. J'ai horreur de cette musique, j'ai même du mal à appeler cela de la musique ou de l'art. Il en faut pour tous les goûts, je sais bien, mais ce n'est définitivement pas ma tasse de thé. J'arrive au bord de la fontaine, et je plonge mes mains dans l'eau, un peu fraîche, et les frotte entre elles. C'est là qu'un des jeunes s'adresse à moi.

_ Hé mademoiselle, elle est bonne ?

Comme je fais mine de ne pas l'entendre, il recommence un peu plus fort.

_ Hé mademoiselle, elle est bonne ?

Ne voulant pas déclencher une hostilité, je lui réponds gentiment, dans un anglais sobre et basique.

_ Un peu fraîche tout de même.

_ Tu devrais en profiter pour faire boire ton minou, on est entre nous. Les autres se mettent à rigoler comme des abrutis. C'est à ce moment-là que je réalise qu'il n'y a personne autour de moi pour me porter secours le cas échéant. Je décide de ne pas répondre et commence à faire le tour de la fontaine vers la gauche, le banc se situant sur la droite.

_ C'est pas bien de ne pas prendre soin de son petit minou, il doit avoir soif le pauvre, depuis combien de temps il n'a pas bu, hein ? Tout en parlant il quitte le banc et s'avance vers la fontaine.

Un soupçon de peur et de panique s'engouffre en moi, mais je ne dois rien laisser paraître. Je me dis que c'est mieux ainsi, même si je n'en sais fichtre rien. Les autres sont restés à s'esclaffer sur le banc. Je regarde au loin et je vois la sortie du parc qui donne sur un boulevard. Je suis presque certaine qu'il y aura du monde et peut-être même un policier. Le pari, c'est de savoir si j'ai suffisamment d'avance sur lui pour lui échapper si je me mets à détaler comme une lapine. En une fraction de seconde, je me dis que je n'ai pas d'autre choix, ils sont cinq et il n'y a personne dans ce parc. Même si je ne pense pas qu'ils m'agresseraient en pleine journée, je ne préfère pas tenter le diable et je sprinte comme une dératée en direction de la sortie. Sans même me retourner je sais qu'il s'est mis à ma poursuite et je suis presque sûre que ses copains en font de même. Je donne tout ce que j'ai, il ne me reste que quelques dizaines de mètres pour gagner mon pari. Lorsque je franchis la grille, j'entends sa foulée juste derrière moi. Je tourne à gauche et décide de continuer ma course même si je suis sur le boulevard maintenant, de toute façon, je n'arriverai pas à m'arrêter pour le moment. La foule se fait plus dense, cela fait au moins trois cents mètres que je suis sortie du parc, je décide de ralentir et d'arrêter, puis je me retourne. Personne, il a dû s'arrêter à la grille et faire demi-tour. Peu importe, la seule chose qui compte, c'est de rentrer à l'hôtel. Quelle journée, je me repasse en boucle cette petite mésaventure dans mon bain chaud et me demande ce qui me serait arrivée s'il m'avait rejoint avant la sortie ? Aurait-il pu s'en prendre physiquement à moi, me violer en pleine journée dans un parc, au risque d'être surpris par n'importe qui ? Je n'ai pas la réponse et je ne veux pas continuer à y penser, je me sèche après mon bain et décide de regarder la télévision, cela me videra un peu la tête. Je tombe sur une série que je regarde en somnolant un petit peu. Soudain, je sursaute, je m'étais assoupie et la série est terminée, je suis sur les news. Une journaliste parle d'une bande de Pakistanais ayant commis une agression sur deux jeunes filles dans un parc. Elles auraient été battues puis violées par plusieurs individus puis poignardées et laissées agonisantes. La plus âgée des deux aurait succombé à ses blessures, la seconde, plus jeune, elle avait à peine 18 ans, serait dans un état sérieux, son pronostic vital étant engagé. D'un coup, un frisson glacial me pénètre tout le long du dos jusque dans mes pieds. Je n'ai pas bien vu de quel parc il s'agissait, mais les jeunes du parc cet après-midi correspondaient bien à la description que la journaliste venait de faire. Même si cela me coûte, je zappe de chaîne en chaîne essayant de trouver d'autres informations sur cette agression. Au bout d'un moment, je trouve une chaine qui en parle et je retiens le nom du parc ce coup-ci. Je regarde sur la carte et cela ne me parait pas possible que les agresseurs soient les mêmes personnes, car le parc en question était à l'autre bout de la ville et vu l'heure à laquelle ça s'était déroulé, ils n'auraient pas pu s'y trouver. Sauf en usant de la téléportation, mais cela n'est pas encore possible à Londres et à notre époque.

Cette nouvelle me soulage un peu, même si je reste encore sous le choc et me dis que je ne suis pas passée très loin d'une histoire pareille, peut-être. Je vais avoir du mal à dormir ce soir, c'est sûr, je décide de descendre au salon boire un mojito et écrire sur mon blog. Cela sera comme une thérapie, ça devrait faire descendre la pression que j'ai emmagasinée aujourd'hui.

7- *Blog (1)*

Chers amis

(Amis ou amies, pour faire simple je mets tout au masculin, mais j'espère bien qu'il y aura des (followeuses ou suiveuses) aussi ☺).

Pour faire court, qu'est-ce qui m'a poussée à prendre un congé sabbatique d'une durée indéterminée et profiter de la vie en allant là où le vent me mène ? Tout simplement un travail qui ne me convenait plus dans un climat machiste au possible. Puis côté sentimental, d'avoir surpris ma meilleure amie à califourchon sur mon petit copain dans mon lit. (C'est déjà pas mal me direz-vous !).

Je vous rassure, même si les blessures ne peuvent se refermer aussi vite que les décisions que j'ai prises, je vais bien. Cette mésaventure, si je puis dire, m'a ouvert les yeux sur l'impasse dans laquelle ma vie s'engouffrait. Puis surtout, elle m'a donné l'opportunité de dire mes quatre vérités à mon ancien patron macho, mais aussi de tirer un trait sur ma relation passée pour décider enfin de ne faire que ce qui est en accord avec moi-même. Je veux dire par là que je n'ai plus à composer. D'ailleurs, cela fait partie de mes nouvelles résolutions. Si je dois rencontrer quelqu'un, je ne ferai plus des choses contre mon gré ou contre ma conscience pour que ça marche, pour que la relation perdure. C'est une supercherie, si la personne ne supporte pas la personne entière que vous êtes avec vos idées et vos orientations de vie, c'est qu'elle ne vous convient pas, tout simplement. Il ne faut pas se mentir à soi-même. Vouloir à tout prix qu'une relation fonctionne, ce n'est pas lui rendre service, mais se voiler la face. Tôt ou tard, ça capotera parce que cette supercherie ne tiendra pas la longueur des années et que la relation se fissurera petit à petit, insidieusement, sans que vous vous en rendiez compte. Puis un jour ça explosera et là vous vous retrouverez seule devant votre glace à repasser les années et vous dire que vous n'étiez plus vous. Vous jouiez un rôle, vous étiez dans l'hyper contrôle et il n'y avait plus rien de naturel, plus rien de spontané chez vous, tout n'était que contrôle et manipulation. Votre vous intérieur relégué au plus profond de vous, n'ayant plus son mot à dire, et cela n'est pas normal, ni sain d'ailleurs. Bon assez discuté là-dessus, changeons de sujet. Je suis donc partie à Londres, ma première destination, et je comptais y rester un bon bout de temps, j'avais tellement envie de découvrir cette ville mystérieuse pour moi. Mais voilà qu'aujourd'hui, en pleine balade dans un parc, j'ai été interpelée par une bande de jeunes voyous, probablement pakistanais ou quelque chose du genre, et même si au début, je ne voulais pas y croire, je me suis rapidement sentie en danger. J'ai alors détalé comme une lapine jusqu'à la sortie du parc, en espérant avoir suffisamment d'avance pour ne pas me faire rattraper. Une fois sur le boulevard et m'étant assurée qu'ils ne me suivaient plus, je suis rentrée à l'hôtel pour me prendre un bain chaud et essayer d'oublier cette péripétie. Je me suis dit, ce n'est peut-être pas très prudent de me promener seule comme ça dans une ville que je ne connais pas. Puis ce soir aux infos, j'ai vu que deux jeunes filles avaient été agressées dans un parc, pourtant elles étaient deux et c'était en plein jour. Les agresseurs, des Pakistanais, les avaient frappées, violées, puis poignardées. La plus âgée est morte quant à la plus jeune elle est entre la vie et la mort. Cela m'a fait froid dans le dos de m'imaginer que je suis sans doute passée à trois fois rien de me retrouver à la une des journaux du soir. Certes cela ne s'est pas passé dans le parc où j'étais et ce n'était certainement pas les mêmes jeunes (les deux parcs étant bien trop loin l'un de l'autre), mais personne ne sait ce qu'il se serait passé si j'avais été rattrapée par les jeunes qui me coursaient. Je suis encore en train de trembler pendant que j'écris sur mon blog. Je commande un deuxième Mojito, cela me calmera peut-être ? J'ai eu très peur sur le coup et mon cœur battait à se rompre dans ma poitrine. Je crois bien que plus le temps passe et plus cette peur instinctive devient une peur raisonnée encore plus forte. J'ai cru un instant que d'écrire sur mon blog me ferait le plus grand bien, mais force est de constater que cette peur grandissante est bien chevillée au corps. C'est décidé, je pars demain pour l'Italie. Venise sera mon nouveau point de chute. Dommage, j'avais tellement de choses à voir encore ici. Je reviendrai sans doute, mais en couple, plus tard. Histoire à suivre…

Prochain épisode :

Hôtel Hilton Garden Inn Mestre San Giuliano

« J'imprime ce texte, ce sera ma première lettre à Mr et Mme Saudade »

8- Venise

Une fois mon deuxième Mojito fini, je remonte dans ma chambre et je consulte les vols pour l'Italie. Je réserve un vol Londres-Venise sur EasyJet partant de Luton à 13 h 25 et arrivant à Venise à 16 h 30. Puis je réserve une chambre à l'hôtel Hilton Garden Inn Mestre San Giuliano qui se situe un peu plus en retrait de la gare ferroviaire par rapport aux autres, mais un peu plus près de l'aéroport. Il devrait être calme, du moins je l'espère. Juste derrière il y a le parc Bosco dell' Osellino qui borde la riviera Marco Polo, cela me fera un endroit pas très loin pour marcher et m'oxygéner en profitant du bon air. Maintenant, je peux préparer mes bagages, cela ne me prendra pas trop de temps, ensuite, j'irai prévenir de mon départ et régler ma facture. Les bagages prêts, je descends avec mon PC portable pour imprimer mon blog que je glisse dans une enveloppe. Ce sera la première lettre pour Mr ou Mme Saudade que je déposerai à la réception demain avant de quitter l'hôtel. Le réceptionniste a paru surpris lorsque je lui ai dit qu'il risquait de se passer un bon bout de temps avant que ce dernier ou cette dernière ne récupère cette lettre, mais m'a gentiment assuré de leur faire la commission, comme il se doit.

J'imagine que si quelqu'un se pointe dans 10 ans en demandant s'il y a un courrier pour Mr ou Mme Saudade, cela fera belle lurette que la lettre ne sera plus là à attendre, mais bon, ça fait partie du jeu !

Le vol se passa à merveille et fut assez rapide en fait. Me voilà en Italie où il fait un temps magnifique et presque chaud. En tout cas ça change radicalement de la brume londonienne de ces derniers jours. Une navette m'emmène jusqu'à mon hôtel et je prends rapidement possession de ma chambre pour vite profiter de la piscine. Ce bain me fait un bien fou, et je me prélasse encore une bonne paire d'heures avant de décider d'aller manger un morceau en ville. Je regarde sur le plan et m'aperçois que les restaurants sont plutôt concentrés sur les autres hôtels, tant pis, cela me fera faire du sport et digérer sur le retour. Il n'y a que moi pour choisir un restaurant indien en Italie, c'est comme ça ! Je réserve une table chez « Idiano Bombay Spice », tout un programme. Il me faut une quarantaine de minutes pour l'atteindre, et à peine installée, un jeune homme en costume typique indien vient prendre ma commande. Comme j'avais regardé sur leur site web la carte avant de venir, cela ne me prend que quelques secondes pour passer commande. Un Punjabi samosa (boulettes farcies avec pommes de terre et petits pois) en entrée, suivi d'un Malai Tikka (poulet mariné dans un yahourt avec pâte de noix de cajou), accompagné de Cheese Naan (petite tartine de pain au fromage dont je raffole). Puis je décide de rester raisonnable et de prendre une bouteille de San Pellegrino. J'apprécie énormément ce repas indien dans ce cadre magique, avec toutes ces odeurs d'épices typiquement indiennes, on s'y croirait. Finalement, je prends aussi un dessert, un coconut barfi, cake à la noix de coco avec de la crème. Il ne me reste plus qu'à rentrer tranquillement à l'hôtel. Je décide de ne pas emprunter le chemin aller qui n'était pas spécialement intéressant et de me rallonger en passant vers les autres hôtels. Cette nuit-là, j'ai dormi comme une masse, sans doute la fatigue du voyage.

Le lendemain, un petit déjeuner copieux et me voilà en route vers Venise et ses 123 églises ! J'arrive assez difficilement à circuler tellement les rues sont étroites et la foule immense, mais tant bien que mal j'arrive après plus d'une heure de marche à pied sur la Place St Marc. Je repère un embarcadère qui propose la visite des îles de Burano, réputée pour sa dentelle et Murano pour ses souffleurs de verre. C'est pour moi un passage obligatoire. Je suis émerveillée par toutes ces beautés faites main.

Un travail minutieux fait avec passion et amour du beau. Je resterais des heures ainsi à les voir travailler leur art, leur métier semble si difficile, enfin vu par une novice comme moi. De retour à l'hôtel, j'admire à nouveau mes emplettes. Des souvenirs qui resteront pour longtemps gravés dans ma mémoire. En parlant de mémoire, il faut que je raconte un peu tout ça dans mon blog, même si je n'ai pas encore de follower (suiveur). Cela veut dire que personne n'a trouvé ma bouteille, parce que moi si j'avais trouvé une bouteille à la mer avec une adresse de blog, je me serais précipitée dessus pour dire à la personne que j'ai trouvé sa bouteille, et j'en aurais été tout excitée en plus. Le lendemain, je décide d'aller faire un tour dans ce magnifique parc boisé à côté de l'hôtel. Cet endroit est calme et reposant, on entend les oiseaux piailler dans les arbres et de temps en temps des cris d'enfants jouant avec leur maman. Je croise quelques couples qui profitent du parc pour se bécoter, puis je tombe sur des garçons, homosexuels apparemment qui se chamaillent sur un banc. Le temps que j'arrive vers eux, deux jeunes abrutis s'approchent d'eux et commencent à les importuner. Ils lancent quelques réflexions aussi bêtes et stupides que leurs auteurs, et rigolent comme des abrutis qu'ils sont. Comme ils se préparaient à quitter le banc, un des deux jeunes abrutis se poste devant pour bloquer leur fuite. Pensant que cela pouvait dégénérer, je m'approche du groupe et en ignorant complètement les abrutis, je m'adresse aux deux jeunes gens sur le banc.

Je n'avais plus pratiqué l'italien depuis les études, mais à ma grande surprise, j'ai réussi rapidement à m'y remettre.

_ Bonjour, excusez-moi de vous déranger, c'est bien vous qui mangiez à la table derrière moi hier soir, dans ce restaurant indien ? Voilà, parce que je pense avoir oublié mon portefeuille là-bas et lorsque je suis retournée demander ce matin, le garçon m'a dit qu'il n'avait rien vu. Mais j'ai quand même des doutes sur son honnêteté, vous n'auriez pas vu ce qu'il s'est passé une fois que j'ai quitté la table.

_ Non, enfin moi, je n'ai rien vu du tout, me répond l'un d'eux comprenant le but de mon intervention. Les deux idiots lâchent l'affaire et s'en vont comme ils sont arrivés. L'autre jeune, visiblement n'ayant pas compris ce qu'il se passait, regarde son copain d'un regard très interrogateur. Une fois que les abrutis sont à bonne distance, il reprend.

_ Merci à vous, c'est gentil d'être intervenue, on a plus souvent l'habitude d'être enfoncé dans ce genre de situation, c'est rare que quelqu'un vole à notre secours, encore moins une jeune fille seule. L'autre jeune change de visage, il vient de comprendre le stratagème.

_ Oh, ce n'est rien, ces deux gars ne méritent même pas l'air qu'ils respirent. Je me suis fait importuner dans un parc à Londres, il n'y a pas si longtemps et j'aurais bien aimé que quelqu'un puisse me prêter main forte.

_ En tout cas, encore merci c'est super de ta part de ne pas nous juger et de nous considérer comme des êtres humains, c'est encore rare de nos jours.

_ De rien, je suis contente qu'ils n'aient pas insisté et que cela ait fonctionné, en fait, je n'avais pas de plan B au cas où, et je ne suis pas forcément douée en improvisation.

On se souhaite mutuellement une bonne journée, puis je reprends mon parcours tranquillement, le cœur joyeux d'avoir réalisé une bonne action. Le reste de la journée, je reste au bord de la piscine à me reposer, vérifier deux ou trois trucs sur internet, mon courrier aussi.

Au bout de quelques jours et contrairement à ce que je pensais, je me lasse assez vite de Venise. J'ai passé des moments magiques et merveilleux, mais je ressens l'envie d'aller voir ailleurs. Je recherche mon prochain point de chute, organise le voyage, puis décide d'actualiser mon blog.

9- *Blog (2)*

Chers amis,
Me revoilà enfin, je sais j'aurais pu écrire chaque jour un petit récit de mes journées, mais franchement cela me prendrait trop de temps et je préfère le consacrer à mes visites. J'ai adoré Venise, toutes ces petites ruelles biscornues avec ses échoppes, ses bars minuscules, ses nombreuses églises qui sont toutes différentes. Bon je dois avouer qu'au bout d'un moment, cela ne surprend plus trop, on a l'impression de les avoir déjà vues. En revanche, j'ai beaucoup souffert de la foule, il y a trop de monde en permanence. Je ne sais pas si c'était encore le contre-coup de ma mésaventure à Londres mais je n'étais pas toujours rassurée et restais sur mes gardes. Une vraie parano ! J'ai eu un énorme coup de cœur pour mes visites de Burano et Murano. C'était pour moi une telle féérie ! Je crois que j'avais mon regard de petite fille comme si j'étais redevenue une enfant émerveillée par tant de beauté. J'en garderai un souvenir impérissable. D'ailleurs j'ai acheté des napperons et des petits animaux en verre en décoration qui me referont penser à ces moments magiques à chaque fois que mon regard se posera sur eux. Même si je revis

d'être seule, autonome et libre comme le vent, j'avoue que cela me procure beaucoup de plaisir, il n'en reste pas moins que j'ai un manque cruel. Je n'ai plus personne à qui parler, à qui raconter mes envies, mes joies, mes sentiments même. La relation d'une amie me manque beaucoup plus que celle d'un amoureux. Je ne suis pas, ou je ne me sens pas encore prête pour une relation amoureuse, mais qu'est-ce que je donnerais pour avoir quelqu'un à qui me confier. Si seulement cette bouteille pouvait rencontrer quelqu'un ? De bien, si possible ? Ça y est je deviens exigeante ! N'importe qui mais quelqu'un qui aurait autant envie que moi de discuter, d'échanger et de partager. Est-ce que la vie vaut la peine d'être vécue en solitaire ? Je ne m'étais jamais posé la question avant, mais maintenant que je vis comme ça, sans personne, je me demande quel intérêt cela peut-il avoir ! Le partage est quelque chose d'essentiel, je pense, enfin, à mon sens. Vivre des trucs fous, avoir des émotions, des craintes, des joies ou des barres de rire, si ce n'est que pour soi, à quoi ça rime ? Bon j'arrête pour maintenant, avant de tomber dans la déprime, j'ai ma prochaine étape à préparer, direction Lisbonne….
Voilà tout est maintenant réglé, prochain port d'attache Le Holiday Inn Lisbonne Continental.

Je dépose à toutes fins utiles une lettre à la réception de l'hôtel pour Mr et Mme Saudade. Qui sait ?

10- *La découverte*

La première sensation fut l'eau froide qui s'engouffre le long de mon dos et sur ma nuque, puis la sensation de monter, au lieu de descendre. Puis l'air libre et une profonde respiration. Qu'est-ce que je foutais là, à la surface ? Je ne sentais plus rien pendre à ma cheville, seulement une corde vide. Décidément, j'aurais dû apprendre à faire les nœuds. Je suis dégoûtée, je n'ai même pas réussi à me suicider. J'ai encore plus envie d'en finir à cet instant même, mais que faire ? Je ne peux pas aller rechercher deux parpaings sur le chantier avec mes fringues qui me collent à la peau. Et puis qui me dit que j'y arriverai la seconde fois ? Je vais rentrer à la maison, et j'aviserai après. Finalement, les cachets n'étaient peut-être pas une mauvaise idée, mais je n'avais certainement pas ce qu'il fallait dans ma salle de bain pour tuer une jeune femme. Et puis, je dois d'abord sortir de l'eau, mais je n'avais pas prévu cela, comment sortir maintenant ? Je commence à nager pour faire le tour de la digue, il commence à faire très sombre, heureusement que je n'ai pas fait ça de nuit. De l'autre côté de la digue, j'aperçois un escalier ou quelque chose qui pourrait être un escalier. Allez, plus que quelques brasses et… ma main heurte quelque chose de dur, une bouteille en verre avec un bouchon en liège. J'arrête de nager quelques instants et tente d'attraper la bouteille, en la soulevant, je crois apercevoir un papier à l'intérieur. Je continue tant bien que mal, avec une main occupée à tenir la bouteille, à me diriger vers des escaliers en pierre, puis à me hisser sur la digue. Quoi qu'il puisse y avoir dans cette bouteille, il fait trop sombre maintenant, je décide de rentrer et de percer ce mystère à la maison.

Est-ce un message envoyé par une personne échouée sur une île déserte, ou bien contient-elle une carte au trésor ? Cette découverte m'intrigue au plus haut point, je m'empresse de rentrer chez moi en espérant ne rencontrer personne. J'ai eu de la chance, il n'y avait que deux vieux bonhommes, mais assez loin et dans la même direction que moi donc ils ne pouvaient pas me voir à moins de se retourner. Une fois à la maison, je pose rapidement la bouteille mystère sur le guéridon de l'entrée et fonce prendre une douche. L'eau me coule sur les épaules et descend le long de mon dos. J'ai la sensation que cette eau pure nettoie et enlève l'eau sale et néfaste de ma tentative échouée. Même si ma curiosité est à son comble, je reste encore et encore sous cette douche chaude qui me fait un bien fou. Je m'habille rapidement et me lance à la découverte de ce mystérieux message. Je n'arrive pas à enlever le bouchon de liège, tout juste à l'effriter un peu sur les bords. Il y a un étau dans ma cave, aussi, j'ai l'idée d'aller le coincer dedans et de tirer de toutes mes forces de l'autre côté. Je n'y arrive pas mieux, avec la vase, le bouchon ripe à chaque fois. J'emploie alors les grands moyens, je frappe un coup sec le haut de la bouteille contre l'étau et le goulot éclate en mille morceaux. Je m'essuie les mains et retire délicatement la feuille de papier roulée à l'intérieur en faisant attention qu'elle ne soit pas souillée par l'eau. Une fois la missive récupérée, je me précipite dans le salon, prends mes lunettes de lecture et allume le lampadaire à lampe halogène pour y voir bien clair. Il s'agit d'une jeune fille, Marion, d'à peine deux ans de plus que moi. Waouh, ça commence fort, elle trouve son mec au pieu avec sa meilleure amie. Ho la vache, ça doit secouer un truc pareil... Ça au moins, ça ne risque pas de m'arriver. Je n'ai ni meilleure amie, ni mec, donc je suis tranquille de ce côté-là. Mais bon, j'ai eu Steeve et ce n'est vraiment pas mieux que toi ma pauvre Marion.

« *J'ai eu la malchance de perdre mon père, que j'adorais plus que tout au monde, beaucoup trop* jeune, et la chance si l'on veut, d'avoir reçu une bonne part de son héritage, qui me permet aujourd'hui de vivre mon rêve d'espace et de découverte. »

Tu as eu un sacré karma toi aussi ma belle si je puis dire. Je peux comprendre son désir de fuir et de s'évader, j'aurais sans doute pris la même décision qu'elle dans sa situation, et elle dans la mienne qu'aurait-elle fait ? Tiens, ce serait marrant de le lui demander.

« Vous, qui lisez ces quelques lignes, sachez que je pars à l'aventure. J'ai bien quelques idées d'endroits que j'aimerais visiter, mais je ne me limite pas. Je ne me contrains à aucune règle, ou plutôt si, à deux seulement :

-Vivre pleinement l'instant présent.

-Profiter de ce que la vie me propose au maximum.

C'est un beau programme, ne pensez-vous pas ? »

Vivre pleinement l'instant présent ! Bois donc un Mojito ma belle et tu le vivras pleinement ton instant présent. Qu'est-ce qui m'arrive de m'en prendre à elle, elle n'y est pour rien cette Marion ? Elle a plutôt l'air d'être une chic fille.

« Demain je vais dire mes quatre vérités à mon pauvre patron qui ne s'y attend pas du tout. Cela va me libérer d'un poids énorme que je trimbalais jour après jour, par habitude, sans jamais remettre en question cet ordre établi. Aussi injuste qu'abject, mais tellement dans les mœurs qu'on n'ose pas tout envoyer balader. La plupart du temps, les gens sont tenus à leur travail par l'argent qu'ils doivent impérativement faire rentrer pour payer les factures, le loyer ou les crédits. Alors on se résigne, on se dit que c'est partout pareil. Demain, croyez-moi, je vais vider mon sac et faire faire un grand pas en avant à la cause féminine, certes que dans mon ancienne entreprise, mais c'est un début. Je m'arrête là pour le moment, je donnerai plus de détails sur mon périple lorsque je me serai un peu plus renseignée sur Internet.

(Diffusé aussi sur mon blog : marionglobetrotteuse.unblog.fr) »

J'adore cette fille, elle n'a pas froid aux yeux. Je n'aurais pas aimé être son patron, il en dû s'en prendre plein la tête ce matin-là !

« Ma première destination sera Londres. Cela fait depuis toute petite que je suis en admiration pour tous les reportages touchant à la famille royale d'Angleterre. Et puis je pense que c'est un bon choix pour un début. Normalement, j'irai en Italie après ça, mais je ne sais pas encore où, ni quand. »

Hum, Londres, quelle bonne idée, à sa place, je pense que j'aurais aussi choisi cette ville.

« *Si toutefois une personne recevait ce message, je me doute qu'il y aurait très peu de chance d'avoir la suite dans une deuxième bouteille, c'est pourquoi, je laisserai une lettre à l'accueil de l'hôtel Holiday Inn London-Kensington Forum au nom de « Monsieur ou Madame Saudade », c'est du portugais :*

« **Saudade** » *exprime un sentiment proche de la mélancolie. Cette mélancolie de savoir quelqu'un ou quelque chose que l'on aime loin de nous, que ce soit géographiquement ou temporellement. Mais* « **saudade** » *implique également un désir de vouloir mettre un terme à cette distance (qui sait ?).*
« **Saudade** » *peut s'appliquer à tous ces amis rencontrés en voyage et qui nous manquent cruellement sans que l'on puisse savoir quand nous les reverrons, mais également aux villes, aux paysages et aux lieux dont nous sommes tombés amoureux, voire même où nous ne sommes jamais allés !»*

Eh bien oui, quelqu'un a trouvé ton message belle Marion, (je ne peux m'empêcher de penser que c'est une belle fille), et j'aimerais tellement connaître la suite bien sûr.

Monsieur ou Mme Saudade, qu'est-ce qu'elle est drôle cette fille, j'adore.

« S'applique à des amis rencontrés en voyage, mais aussi à ceux qu'on n'a pas rencontrés physiquement », mais par bouteille à la mer interposée... ?

Ce soir-là, je lis et relis encore et encore cette lettre mystérieuse puis, morte de fatigue, je finis par m'endormir épuisée. La nuit porte conseil, dit-on ?

11- *Lisbonne*

Au bout d'une semaine de visite en long en large et en travers de cette mystérieuse ville de Venise, je décide qu'il est temps pour moi d'aller me poser ailleurs. Et cet ailleurs, ce sera Lisbonne au Portugal. Mon vol TAP me fera arriver à 13 h 50, ce qui sera parfait pour moi. Les bagages bouclés, je me dirige vers le hall d'accueil où je paye ma facture et glisse ma fameuse lettre au réceptionniste. Toujours le même accueil courtois, mais je serais curieuse de savoir ce qu'il adviendra de ces lettres d'ici quelque temps. Ce bonhomme me paraît être pas très loin de la retraite en plus, comment se souvenir d'une jeune fille qui a séjourné une semaine à l'hôtel et qui a laissé une lettre pour des personnes qui ne viendront peut-être jamais ? Même si je n'y crois plus, ça m'amuse follement. Et puis je n'ai pas reçu de refus, donc après tout pourquoi pas ?
Rapidement, je m'aperçois que Lisbonne est à la fois une superbe ville bien sage, mais une fois la nuit tombée, elle se révèle être une ville très animée qui fourmille de pubs et de bars. J'ai pris un billet sur les lignes de bus « Hop On Hop Off » qui permet de visiter la ville à son

gré. C'est bien pratique et cela donne la possibilité aussi d'utiliser le Tramway et sa fameuse ligne 28. Un jour, en me promenant dans les rues, je trouve un petit restaurant népalais fort sympathique. L'atmosphère et le décor sont fantastiques, commençant avec la porte en bois impressionnante qui contraste avec les murs en pierre. Le décor ne me fait pas forcément penser à un environnement népalais traditionnel, mais c'est très agréable. Je commande un menu de dégustation, donc le choix des plats est fait par le chef, et je dois dire que sa sélection est parfaite. Au bout de trois jours, j'ai vu la plupart des endroits que je voulais voir et je me décide à partir plus au sud, en Algarve, non pas pour visiter cette fois-ci, mais pour me faire dorer un peu au soleil sur les plages de sable fin. Je pense y rester une bonne semaine, c'est un minimum pour peaufiner mon bronzage et surtout pour calmer un peu le rythme effréné sur lequel j'ai débuté ce voyage au bout de mes rêves. Les visites sont magnifiques et enrichissantes, mais en même temps très fatigantes aussi. J'ai besoin de souffler un peu. Et de réfléchir à ma prochaine destination. Après quelques recherches sur internet, je choisi l'AURAMAR Beach Resort à Albufeira. C'est à 36 kms de l'aéroport de Faro et seulement 45 minutes en voiture. L'hôtel et la plage ont l'air fantastiques, je pourrai même y rester plus d'une semaine, je vais voir comment je m'y sens, certainement mieux qu'au travail…Ne souhaitant pas prendre l'avion pour un si petit parcours, je décide de rechercher sur internet un covoiturage. Je trouve deux possibilités pour ce voyage, j'opte en premier pour une jeune fille, Agathe, qui propose le parcours de Lisbonne à Faro. Je lui laisse un message pour savoir si éventuellement elle pourrait passer par Albufeira pour m'y déposer. Au bout de quelques heures, je reçois une réponse d'Agathe. Elle est tout à fait d'accord pour cela, je serai seule derrière apparemment, c'est cool. On échange quelques messages pour trouver un lieu de rendez-vous, finalement, elle me dit qu'elle passera me prendre à l'hôtel. Décidément, j'ai eu de la chance avec cette fille, on dirait. Le lendemain, lorsqu'elle arrive devant l'hôtel, je suis déjà prête avec mes bagages sur le perron. Elle descend de la voiture, me fait la bise comme si on se connaissait depuis dix ans, puis range mes bagages dans le coffre. Il y avait une autre jeune fille devant qui sort à son tour et vient me faire le bisou de l'amitié.

Ne parlant pas un mot de portugais, nous échangeons en anglais ce qui est plus simple pour moi.

_ Bonjour Marion. Moi c'est Sophie, je suis sa petite amie.

_ Oh, bonjour et encore merci d'être venue me prendre à l'hôtel.

_ Ne t'inquiète pas, on n'est pas pressées en plus donc on va y aller tranquillement, et à Albufeira on t'emmènera à ton hôtel aussi car la gare routière est assez éloignée, enfin c'est ce qu'on a vu. Puis on fera sûrement du repérage, pour de prochaines vacances, pourquoi pas ?

_ Vraiment, merci mille fois, je suis servie comme une princesse, on dirait.

La sortie de Lisbonne est un peu compliquée à cette heure-ci, mais comme nous ne sommes pas tenues par des heures d'arrivée, ça se passe plutôt bien. Elles ont l'air de s'aimer à la folie ces deux-là, c'est touchant de voir leurs attentions, l'une envers l'autre. On sent une très grande complicité, un grand respect aussi et ça fait chaud au cœur de voir ça. On discute pas mal durant le voyage, elles me racontent leur rencontre au lycée et comme c'était une première expérience homosexuelle pour les deux, ni l'une ni l'autre n'osait faire le premier pas, par peur de ne pas avoir bien compris les messages non-verbaux. Par peur aussi de se prendre une douche froide. Elles ont donc tourné autour du pot pendant presque un trimestre. De les entendre en rire aujourd'hui ça fait du bien, mais j'imagine qu'elles ont dû se torturer l'esprit durant tout ce temps. Puis il y avait aussi le problème familial à prendre en considération. Agathe, elle, n'avait pas eu trop de difficultés, ses parents étant très ouverts d'esprit et ne souhaitant que le bonheur de leur fille, ils ont très vite accueilli Sophie comme leur belle-fille. En revanche, cela fut plus compliqué pour Sophie. Sa famille, très catholique jusqu'au bout du missel, n'avait pas déccoléré dès l'annonce de cette liaison. Pour eux, elle s'était fait envoûter, elle avait le diable en elle. De compliquée, la situation devenait de plus en plus tendue et Sophie n'a pas eu d'autre choix que de menacer ses parents de partir vivre avec Agathe et de ne plus les voir. Cela a fait son effet et les tensions se sont apaisées quelque temps. Il n'était pas question de recevoir le couple sous leur toit, mais Sophie n'avait plus droit aux millions de reproches habituels. Au début, la mère de Sophie lui demandait sans cesse qu'est-ce que j'ai fait de mal ? Ou qu'est-ce que j'ai raté pour que tu en arrives là ? Puis, sans doute, de voir leur fille épanouie et heureuse comme ils ne l'avaient jamais vue avant, ils ont fini par accepter. Mais cela devait rester tabou, et personne dans le voisinage ne devait savoir cela. Quelle honte auraient-ils eu à l'église si cela c'était su ! C'est la mère de Sophie qui, quelques jours avant son anniversaire, lui proposa de faire un repas avec Agathe. Sophie, de raconter ce passage, s'était mise à pleurer, sans doute comme ce jour-là et aussitôt, Agathe lui pris tendrement la main comme pour lui redire, je suis avec toi ma beauté, ne t'inquiète pas. J'ai trouvé ça si touchant, si mignon. Finalement, le repas d'anniversaire s'était super bien passé, même si au début le père était resté assez bourru, au fur et à mesure, de voir ces deux filles pleines d'amour et d'attentions l'une envers l'autre, les parents comprirent que rien ne pourrait les séparer et qu'elles étaient, visiblement, faites l'une pour l'autre. En fin de repas, la mère de Sophie déclara que, devant une telle évidence, même dieu accepterait cette relation. À mon tour, je leur racontai un peu ma vie et les péripéties qui m'avaient décidée à me lancer dans ce voyage au bout de mes rêves. Lorsque je leur racontai le passage de la trahison de mon mec, elles compatirent puis, ensemble, me dirent en rigolant à pleine gorge « essaye une fille ! » Je les rassurai en leur disant que pour l'instant, ce dont j'avais le plus besoin, c'était de retrouver une bonne amie, car c'était la perte de ma meilleure amie qui m'avait beaucoup plus affectée, finalement.

12- *Un rayon de lumière dans l'obscurité.*

Je n'ai pas arrêté de cogiter toute la nuit. Cette lettre a eu un effet particulier sur moi, et m'a chamboulée, c'est le moins qu'on puisse dire. Depuis toujours je sais que le hasard n'existe pas. Les choses qui nous arrivent ne sont pas anodines. Ce que nous traversons, ce que nous vivons, nous arrivent dans un but bien précis. Parfois, nous avons les clefs de décryptage et nous comprenons très bien pourquoi cela nous est arrivé. Mais la plupart du temps, c'est plus complexe, plus compliqué, nous n'avons pas les bonnes clefs et nous ne comprenons pas quel est le but de cette épreuve. Malgré cela, soyez-en sûr, vous n'avez pas été frappés sans raison. Je me suis demandé toute la nuit, en vain, pourquoi j'avais eu cette mésaventure avec ce Steeve et surtout qu'est-ce qu'elle devait éveiller ou révéler en moi. J'avoue que je n'en sais strictement rien. Est-ce en lien avec le fait que j'ai coupé les ponts avec mes parents, enfin ma famille même. J'ai une grande sœur et un grand frère avec lesquels je ne m'entends plus du tout depuis presque toujours. Il faut dire que nous avons une grosse différence d'âge et cela explique peut-être cela. Je suis ce qu'on appelle une enfant non désirée, arrivée par erreur, les mystères de la contraception ! Enfin, en partie, car ils me reprochent d'avoir accaparé mes parents tant que j'en avais besoin pour ensuite les laisser tomber. C'est leur version des faits et je n'ai jamais pu leur faire entendre la mienne tellement ils sont bornés. Alors à quoi bon, je les laisse dans leur médiocrité, je n'ai pas de temps à perdre avec eux. Pour mes parents, c'est vrai qu'ils m'ont énormément aidée dans l'acquisition de mon appartement, un joli petit deux pièces à Toulon. Sans eux, j'aurais encore un crédit à payer en ce moment et lorsque j'ai eu mon licenciement puis mon chômage jusqu'à ma fin de droits, cela aurait été plus compliqué, bien entendu. Le fait de ne plus avoir de crédit m'a permis de prendre des emplois saisonniers et de faire un peu ce que je voulais, comme je l'entendais, n'ayant pas besoin de beaucoup pour subvenir à mes besoins, réduits au strict minimum. Mais en grandissant, la différence d'âge n'a fait que creuser le fossé générationnel qu'il y avait entre nous et n'étant pas douée pour les prises de tête, comme pour ma fratrie, j'ai préféré rompre les hostilités et m'isoler.

Ne dit-on pas pour vivre heureux, vivons cachés ? Je ne me suis pas cachée, au sens strict du terme, je me suis juste éloignée, petit à petit, de plus en plus, jusqu'à n'avoir plus aucun contact. Alors j'ai bien cherché à comprendre si mon aventure pouvait faire écho avec cette particularité de ma vie ! Mais franchement, je n'ai pas trouvé la réponse. En revanche, j'ai longuement réfléchi à cette bouteille jetée à la mer que j'ai heurtée avec ma main, à la suite de mon suicide raté. Cela n'était pas le fait du hasard non plus. Je ne sais pas si je dois avoir une interaction avec cette fille, c'est sans doute trop tôt pour le savoir, mais cela m'interpelle sur le choix de vie que j'avais fait. Et si je ne devais pas en finir maintenant, comme ça ? Si cette bouteille était ma bouée de sauvetage ? J'avoue que j'ai repassé cela en boucle pendant une bonne partie de la nuit. D'un autre côté, je ne peux pas reprendre ma vie comme si rien ne s'était passé, c'est impossible. Je vais donc partir à la recherche de cette fille et voir où cela me mènera. Au pire, je visiterai Londres.

Je passe un coup de téléphone à Pierrette, mon employeur du moment, pour lui dire que je quitte le boulot, sans plus de formalités, je n'étais même pas déclarée. Puis je prépare mon sac avec quelques affaires. Je prends mes économies et me voilà partie pour une aventure qui m'excite vraiment. J'ai hâte d'en savoir plus sur cette Marion, et pourquoi pas devenir son amie. J'aimerais tellement avoir une copine à qui parler. Il y a des avantages à vivre en sauvageonne, mais ça use aussi pas mal. Je prends un train de Toulon jusqu'à Marseille Aéroport (une toute nouvelle gare créée exprès), il existe un train direct qui ne passe pas par Marseille St Charles, cela fait gagner du temps, du coup le voyage n'est pas si long que ce que je pensais. Une fois sur place, une navette gratuite m'emmène à l'aéroport. Je repère le guichet d'EasyJet et récupère mon billet. J'ai deux bonnes heures à tuer avant le départ, mais je décide de passer les contrôles pour me retrouver en zone d'embarquement et pour flâner dans les boutiques « duty-free ». Les prix ne sont pas si intéressants que ça, mais j'en profite néanmoins pour me prendre un petit sac et un parfum. L'embarquement commence et je récupère ma place, je suis côté hublot, c'est obligatoire pour moi, je veux voir l'extérieur à tout prix. J'espère ne pas avoir une personne trop grosse ou lourdingue à côté de moi. Finalement, ce sera un jeune homme courtois et poli, en costume chic qui prend place à ma gauche. Il a l'air d'être en voyage d'affaires. Il sort son PC portable et commence à travailler. Il souffle un très fort Mistral, comme souvent ici, et j'appréhende un peu les turbulences de l'avion au décollage, ce n'est pas mon passage favori ! Finalement, l'avion monte

assez vite et nous n'avons eu que quelques secousses un peu fortes, mais je m'attendais à bien pire, donc je peux me détendre en attendant l'autre phase critique pour moi, l'atterrissage. On arrive à Londres en fin d'après-midi, cela me laisse le temps de trouver comment me rendre à l'hôtel Holiday Inn London-Kensington Forum. Une fois dans le hall de l'hôtel, mon cœur se serre sans que je ne puisse me raisonner. J'avance vers la réception et demande une chambre, si possible en hauteur puisque j'avais vu à l'extérieur qu'il y avait pas mal d'étages et comme ça j'aurais peut-être la chance d'avoir une belle vue sur la ville.
Le réceptionniste enregistre mon passeport et me fait remplir la fiche puis me remet ma clef, (Chambre 2019). J'hésite à lui poser la question maintenant, et s'il n'avait pas de lettre ? Cela pourrait simplement dire que l'hôtel ne l'a pas gardée, ou bien que Marion soit toujours là ? Mince, je n'avais pas pensé à cela. Si la bouteille avait été jetée de la digue quelques jours ou quelques heures avant que je saute ? Je prends mon courage à deux mains et demande s'il n'y aurait pas une lettre pour Mr ou Mme Saudade. A voir son regard perplexe, je comprends qu'il ne fait pas le lien avec mon passeport bien sûr, je rajoute, c'est ma collaboratrice qui a dû me la

laisser, on utilise un nom codé au cas où. Toujours avec ce même regard, il se retourne et cherche un moment puis revient vers moi avec une lettre à la main. J'ai tellement envie de sauter en l'air, de laisser exploser cette joie immense qui m'envahit. Je le remercie gentiment, prends la lettre et me dirige vers les ascenseurs qu'il m'avait montrés juste avant. Arrivée dans ma chambre, je jette mon sac sur le lit et ouvre à toute vitesse la lettre, j'en tremble presque.

Je commence à lire, le début, je le connais, c'était dans la bouteille. J'adore cette fille, sa façon de voir, de dire les choses. Je suis surexcitée et continue ma lecture. Oh mon dieu, c'est terrible. Elle a dû faire preuve d'un tel courage dans ce parc, toute seule contre cinq voyous. Cela résonne en moi, malgré moi, et me renvoie directement à mon viol. Elle au moins avait une chance d'y échapper, pas moi. J'imagine son désarroi le soir devant la télévision de voir un fait divers qui aurait pu être le sien. Elle ne devait vraiment pas bien se sentir la pauvre, et seule en plus. Qu'est-ce que j'aurais aimé être là pour la rassurer, la prendre dans mes bras et la consoler. La simple idée de parler avec elle fait vibrer en moi le fait que je n'ai personne à qui parler, que je suis seule depuis pas mal de temps et que cela me pèse.

C'est pourquoi son histoire se reflète en moi comme dans un miroir. Le passage suivant me laisse sans voix. Elle se commande un Mojito ? J'en suis à me demander s'il n'y a pas une sacrée connexion entre nous ? Elle aurait pu boire n'importe quoi dans ce bar lounge. Un Mojito ! J'en ai le souffle coupé. Je comprends pourquoi elle se décida de partir sur-le-champ, c'est une réaction normale. Venise ! Hum, très bon choix aussi. Je me demande si cela fait longtemps qu'elle est partie ? Je peux essayer de demander au réceptionniste demain, mais je ne suis pas certaine du résultat. J'ai énormément envie de filer pour Venise, mais d'un autre côté, je suis à Londres et j'aimerais en profiter aussi. Je prendrai ma décision en fonction de la réponse de la réception. Je descends dans le hall et retrouve la personne qui m'a donné la lettre. Prenant une allure et un ton très professionnel.

_ Excusez-moi, sauriez-vous me dire depuis combien de temps ma collaboratrice vous a laissé cette lettre pour moi ?

_ Je ne sais pas vous dire Madame, ce n'est pas moi qui l'ai réceptionnée, un instant je vous prie. Il pose la question aux autres personnes présentes puis un jeune homme se rapproche de moi.

_ Bonsoir Madame, Georges pour vous servir. C'est moi qui me suis occupé de votre amie. Je ne me rappelle pas exactement et cela me prendrait pas mal de temps si je devais rechercher dans les registres, pour être précis, mais je peux dire que cela fait à peu près un mois, je pense.

_ Merci bien Georges, ne vous donnez pas cette peine, presqu'un mois cela me convient. Encore merci pour le dérangement.

Je sors de l'hôtel et me dirige dans la rue que je traverse. Je m'installe au premier restaurant venu et j'essaye tant bien que mal de faire le point. Est-ce que je me donne le temps de visiter Londres quelques jours, au risque de perdre sa trace, ou bien dois-je partir pour Venise dès demain. Avec un peu de chance, elle est peut-être encore là-bas ?

Cette question me hante pendant tout le repas que j'écourte au maximum puis je rentre à l'hôtel. Une fois dans la chambre, j'allume la télévision. Je suis sur une série et je baisse le son afin de combler le vide et le silence, puis me fais couler un bain. Je prends un plaisir fou dans ce bain, je m'imagine être Marion, un mois plus tôt dans une baignoire de l'hôtel. Puis soudain je me rappelle la fin de sa lettre, elle dit clairement qu'elle compte revenir, eh bien, c'est décidé, je pars à sa rencontre et si elle le veut bien, nous reviendrons ensemble pour visiter Londres. Aussitôt décidée, je préviens la réception et je téléphone pour réserver un vol sur Venise pour demain. Je réserve une chambre pour une nuit voire plus à l'hôtel Hilton Garden Inn Mestre San Giuliano. Venise me voilà !

Ce coup-ci, dans l'avion, j'ai eu droit à une mamie, fort sympathique au demeurant, mais qui avait encore plus peur du décollage que moi. Du coup, étant obligée de la rassurer, je ne me suis pas trop aperçue que l'avion avait quitté le sol et grimpé vers les nuages. Le voyage n'était pas très long, mais suffisamment pour qu'à force de lire et relire ses lettres, je les connaisse par cœur. J'avais une sorte de connexion avec cette fille, une attirance incontrôlable et surtout inexplicable. Nous devrions être de parfaites inconnues l'une pour l'autre, pour le moment en tout cas c'était le cas pour elle, mais j'ai une drôle de sensation comme si je la connaissais depuis toujours. En même temps, je redoute sa réaction si j'arrive à la rattraper dans son périple. Pour le coup, je serai une parfaite inconnue qui débarque dans sa vie. Je préfère ne pas trop y penser pour le moment, on verra bien le moment venu. Une fois les formalités d'enregistrement effectuées, je demande au réceptionniste s'il n'aurait pas une lettre pour Mme Saudade et avant d'avoir son air étonné, je lui précise que c'est ma collaboratrice qui me laisse ses consignes comme ça par pure discrétion. Ça fonctionne très bien puisque ce dernier s'en va farfouiller dans un casier sans même avoir eu le moindre rictus. Il en revient peu de temps après avec une lettre que je m'empresse de récupérer. Une fois dans ma chambre, après un rapide coup d'œil à la salle de bain, je m'installe confortablement dans le divan et commence à lire la lettre de Marion.

Je suis partagée entre la joie de lire cette nouvelle lettre et d'avoir des nouvelles de Marion et la frustration de me dire qu'elle n'est déjà plus là. Ma course poursuite risque de durer un petit moment encore, surtout si elle ne reste que quelques jours sur place. J'ai presque un mois de retard et ne suis pas certaine de pouvoir la rattraper un jour. Un passage pourtant me fait chaud au cœur.

« *La relation d'une amie me manque beaucoup plus que celle d'un amoureux. Je ne suis pas, ou je ne me sens pas encore prête pour une relation amoureuse, mais qu'est-ce que je donnerais pour avoir quelqu'un à qui me confier. Si seulement cette bouteille pouvait rencontrer quelqu'un ?* »

Cela me réconforte par rapport à mes précédentes interrogations, je pense qu'elle sera ravie de savoir que j'ai trouvé sa bouteille et que je suis partie à sa poursuite. Je suis certaine qu'on va bien s'entendre. J'ai déjà le sentiment qu'il y a quelque chose de fort qui me lie à elle, ce serait juste magique qu'elle éprouve la même chose en me rencontrant enfin. Même si je sais que la poursuite peut encore durer, je décide d'aller visiter Burano et Murano demain, je sens que je vais avoir la même sensation de féerie que ce qu'elle a pu ressentir ce jour-là. Le lendemain, c'est donc ce qui a occupé la majeure partie de ma journée. Effectivement, je suis restée émerveillée devant tant de beauté et de délicatesse. Je ne peux m'empêcher, moi aussi, de ramener quelques souvenirs.

Une fois à l'hôtel, j'organise la suite de mon voyage pour Lisbonne pour le lendemain. Ce rythme effréné commence un peu à peser, mais je n'ai pas d'autres choix. Le lendemain, ne voulant pas être en retard pour mon vol, je me retrouve en salle d'embarquement avec encore une bonne paire d'heures à tuer. Je me pose sur un fauteuil et peu de temps après, une jeune fille d'une vingtaine d'années avec une tenue pour le moins folklorique et deux belles couettes s'assoit à côté de moi avec un large sourire. Elle me tend la main et se présente en italien. Je pense deviner qu'elle s'appelle Julia. Je me présente à mon tour, en anglais et lui demande si elle va, elle aussi, à Lisbonne. Elle s'excuse de ne pas très bien parler anglais, ce qui pour l'instant ne se remarque pas trop. Elle me confirme qu'elle va passer une semaine de vacances en retrouvant une amie à elle chez sa famille.

_ Ce serait cool Julia qu'on soit à côté dans l'avion ! Je vérifie mon billet.
_ Je suis en place 21F et toi ?
_ Zut ! Je suis un peu plus à l'arrière, 27E. Tu vas voir quelqu'un là-bas ?
_ En quelque sorte oui. Je ne souhaite pas m'étendre plus longuement au risque de passer pour une foldingue.
Elle n'insiste pas sur le sujet. On échange encore quelques banalités puis l'heure de l'embarquement arrive et je m'installe dans la queue. J'arrive à ma place, toujours côté hublot, et fais un petit sourire à Julia qui poursuit jusqu'à sa place. Au bout de cinq minutes, un gars stationne devant la rangée, pose sa veste dans le coffre et s'assoit sur le siège à ma gauche lorsque apparaît Julia qui lui parle rapidement en italien. Je ne comprends pas un mot de ce qu'elle dit, mais suis certaine de l'objet de sa demande. Le gars se lève gentiment et reprend sa veste pour filer au 27e rang. Julia s'installe à sa place et me gratifie d'un grand sourire.

_ Ce n'est pas la première fois que je fais cela, je préfère voyager à côté de gens sympas, et je n'ai pas encore eu de refus jusque-là.

_ Merci beaucoup, je préfère autant que tu sois là moi aussi, lui répondis-je en souriant.

Elle sort de son sac son PC portable, le pose sur la tablette et commence à écrire à une vitesse folle. Manifestement, elle maîtrise l'informatique. Sans vouloir être curieuse, je regarde de temps à autre sur le côté, sa rapidité me stupéfait.

_ Je suis Blogueuse me dit-elle !

_ Je ne sais pas très bien ce que c'est !

_ J'ai ouvert un Blog, c'est comme un journal. En fait, je raconte un peu ce qu'il se passe dans ma vie, mes états d'âme, tout ça. Un peu comme un journal intime, à la différence près que là, il y a plein de gens qui le lisent et le commentent. C'est interactif.

_ Je ne connaissais pas, je ne suis pas très calée en informatique.

_ Au début, je faisais ça comme ça, mais à force d'avoir de plus en plus de followers. En fait, ce sont des gens qui s'abonnent pour être au courant des mises à jour et qui me suivent et me donnent leurs ressentis, leurs opinions. Depuis c'est devenu comme une drogue, je ne peux plus m'en passer, et eux non plus je crois bien, dit-elle en riant à pleines dents.

D'un coup, je me demande si ce n'était pas ça que Marion avait écrit dans sa lettre ? Je ressors la lettre et relis le passage.

« *(Diffusé aussi sur mon blog : marionglobetrotteuse.unblog.fr)* »

_ En fait, l'amie que je dois rejoindre a aussi un blog je crois bien !
_ Cool, tu as son adresse ?
_ Je pense que c'est ça, lui dis-je en lui montrant le passage de la lettre.

Aussitôt lue, elle tape sur son PC l'adresse notée sur la lettre et à ce moment-là, l'hôtesse passe vérifier que les tablettes sont bien relevées, et demande à Julia de fermer son PC et de le ranger dans son sac sous le siège de devant.

Une rage folle s'empare de moi. J'allais presque voir en direct ce qu'elle fait, écrit et savoir si elle était toujours à Lisbonne ou pas. Quelle rage ! Julia m'explique que sans connexion internet avec son téléphone, elle ne pouvait pas se connecter au blog pendant le vol, mais que si je voulais, elle se connecterait une fois arrivée à l'aéroport. Je redescends un peu de ma rage interne pour lui faire un large sourire et la remercier pour sa gentillesse. J'avais l'impression que les minutes mettaient des heures à passer. Ce vol me parut interminable.

13-   Blog (3)

Chers Amis,

Lisbonne est une ville très charmante et j'y ai passé un bon séjour. J'avais quelques points importants à visiter et cela m'a pris trois jours pour le faire, mais d'un autre côté, j'aborde mon voyage au pas de course alors que je ne suis pressée en rien. J'ai donc décidé de me reposer un bon bout de temps et j'ai choisi l'Algarve pour cela. J'ai choisi l'AURAMAR Beach Resort à Albufeira. C'est à 36 km de l'aéroport de Faro et seulement 45 minutes en voiture. Je vais profiter pour parfaire mon bronzage et souffler un peu. Il y a un Spa, et les piscines et la plage ont l'air fabuleuses. Let's Go. Chers Amis, fantôme de mon imagination pour le moment, j'ai eu quelques doutes sur l'utilité de continuer à écrire sur le blog et de laisser ces lettres à chacun de mes passages, mais j'ai décidé de continuer. Il se peut que la chance pour que quelqu'un trouve ma bouteille soit infime, puis encore plus ténue que cette personne ait envie de me contacter ou de suivre mes traces. Mais je me dois, par respect pour une personne qui se serait lancée à ma recherche, de continuer. Voilà pour cette petite mise au point. Maintenant, il me faut faire mes

bagages, me fournir en crème solaire et m'acheter une nouvelle paire de lunettes de soleil, car là où je vais, il n'en manquera pas. Comme à chaque fois, j'imprime cette page et je dépose, à toutes fins utiles, une lettre à la réception de l'hôtel pour Mr et Mme Saudade. Qui sait ?
Seul Dieu le sait… Mais il n'est pas bavard…

14- Aéroport Humberto Delgado, Lisbonne

Ce vol a duré une éternité, mais on a fini quand même par arriver à bon port. Je suis de nouveau tout excitée, je vais peut-être en savoir plus et sans doute pouvoir la rejoindre. Pourvu qu'elle soit toujours à Lisbonne.
Une fois nos bagages récupérés, Julia s'approche de moi et me dit :
_ On va se caler dans un coin de l'aéroport pour faire ta recherche, tu veux bien ?
_ Oui parfait.
_ J'ai trouvé ce vol trop court, je n'ai pas vu le temps passer, me dit-elle.
N'osant pas lui dire le fond de ma pensée.
_ Oui tu as raison ! Si seulement elle savait la pression qu'il y a en moi depuis le décollage. Je suis une vraie cocotte-minute, et sans valve de sécurité en plus, prête à exploser à la moindre sollicitation.
On se dirige vers un bar et je prends place sur une banquette. Julia s'assoit à côté de moi.
_ Ce sera plus pratique. Me dit-elle.
Je lui montre à nouveau l'adresse du blog et Julia lance la recherche sur son PC.
Le serveur vient s'enquérir de notre commande, je le fusille du regard. Le pauvre, il

ne doit même pas comprendre pourquoi il y a tant d'hostilité dans mes yeux. Julia demande une orange pressée et je commande une bière pression. Comme s'il n'y avait pas assez de pression en moi !

Une page s'ouvre sur l'écran et je découvre le Blog de Marion. Je suis envahie d'une très forte émotion que je n'arrive pas à canaliser et des larmes commencent à couler sur mes joues. Julia, l'ayant remarqué, ose me demander :

_ Tout va bien ?

_ Oui, oui ne t'inquiète pas, ça va je t'assure.

Je commence à lire du début, même si je connais déjà ce que je vais y trouver, mais je ne veux pas brûler les étapes. Julia en profite pour s'éclipser et aller aux toilettes, ou bien est-ce par pudeur pour me laisser lire tranquillement, sans être soupçonnée de voyeurisme ? Au fur et à mesure que je lis, l'émotion monte en moi. Je me sens si proche et si loin en même temps, c'est étrange. Lorsque Julia revient, elle me demande.

_ Alors tu as tout lu ?

_ Oui, merci c'est super gentil à toi, sans toi je n'aurai pas su qu'elle n'était plus à Lisbonne.

_ Ah bon ? Elle dit où elle se trouve maintenant ?

_ Ben, je ne sais pas si elle écrit avant de partir ou une fois qu'elle est partie. Si elle écrit avant de partir, elle se trouve dans le sud du Portugal, en Algarve.

_ C'est super, remarque tu peux lui laisser un mot sur son blog si tu veux.

_ Ah bon, tu es sûre ?

_ Oui bien sûr, je ne suis pas pressée, regarde !

Julia reprend le PC, pianote un truc et me tend à nouveau le PC. Un trait clignote.

_ Vas-y, tu peux écrire !

_ C'est trop gentil à toi.

J'écris quelques lignes puis remercie encore grandement Julia sans qui je n'aurais pas pu entrer en contact avec Marion. Nous nous séparons en échangeant nos coordonnées bien sûr.

15- *Blog (4)*

Chère Marion,
Je suis Inès, j'ai 31 ans et j'ai eu la chance de découvrir ta bouteille. Je te suis donc depuis le début de ton périple. Je dois te dire que tu es arrivée dans ma vie au meilleur moment pour moi. Je ne te remercierai peut-être jamais assez pour cela. J'ai été très émue par ta lettre à la mer, et j'ai eu énormément d'empathie pour toi. Ton histoire m'a chamboulée et j'ai décidé de partir sur tes traces. J'ai donc commencé par aller à Londres. Je me rappelle chacune de mes émotions lors de l'arrivée dans ce hall d'hôtel, je t'en parlerai de vive voix si, je l'espère, j'arrive à te retrouver. Lorsque j'ai demandé s'il y avait une lettre pour Mme Saudade, le réceptionniste qui venait de m'enregistrer m'a regardé comme si j'étais une folle évadée d'un asile. Je lui ai donc soufflé à l'oreille que c'était un nom de code que ma collaboratrice prenait pour me transmettre ses informations sans risquer de se les faire pirater par la concurrence. Cela n'a pas beaucoup changé son regard sur moi, mais il est allé se renseigner et m'a remis ta lettre. À ce moment-là, j'étais folle de joie, car je savais que j'avais encore une chance de continuer ma poursuite, et folle de

rage parce que cela voulait dire que tu n'étais plus là. J'ai donc quitté l'hôtel dès le lendemain, alors que j'avais une envie folle de visiter Londres, mais comme tu as dit que tu y reviendrais accompagnée, je me suis dit qu'on y reviendra ensemble, enfin si tu le veux bien !

Puis, ce fut la même à Venise, mais cette fois, j'ai pris le risque d'y séjourner un jour de plus pour aller visiter Murano et Burano. Je ne le regrette pas d'ailleurs, c'était fabuleux, merci à toi de m'avoir donné cette envie, car vraiment, ce fut un moment fort agréable et j'en garderai un merveilleux souvenir. Dans l'avion qui m'emmenait à Lisbonne, j'ai fait la connaissance d'une Italienne, Julia. Elle m'a initiée à l'informatique et m'a prêté son PC afin de pouvoir enfin lire ton Blog. Je suis un peu une attardée en informatique, je ne savais pas ce que c'était un blog. Elle m'a même permis de t'écrire ces quelques mots pour te prévenir que j'existe et que je suis sur tes traces. Je suis tout excitée d'avoir pu t'écrire et maintenant, je vais rendre le PC à Julia. Je vais lui redemander comment faire toute seule, puis j'irai m'acheter un PC portable afin de lire à nouveau ton blog et voir si tu as pu lire mon message. Je reste une nuit à Lisbonne et je file vers Albufeira dès demain. Avec un peu de chance, je te retrouverai là-bas ! Inès.

16- *L'AURAMAR Beach Resort à Albufeira*

Cela fait une semaine que je suis arrivée dans ce coin de paradis sur terre, et je ne m'en lasse pas. Certes, je ne fais rien de bien excitant, à part rôtir au soleil et dormir un maximum. C'est comme si j'avais des années et des années de retard de sommeil à combler. Ici, je comble le retard sans problème, si ça continue, je vais même être rapidement en excédant, mais je m'en fiche, les rayons du soleil sont ma thérapie, et je me sens à merveille. Je crois que je ne me suis jamais sentie aussi détendue, aussi bien, aussi femme. Même si je ne recherche absolument aucune rencontre, j'aurais même tendance à les esquiver. Dès que je pense qu'un homme me regarde, je ne lui laisse pas le temps d'envisager quoi que ce soit, je suis déjà à l'autre bout de l'hôtel. À vrai dire, il y a beaucoup de jeunes d'une vingtaine d'années, et même si je ne suis que dans la trentaine, je me sens beaucoup plus mature et âgée qu'eux. Mon plus grand regret, c'est de ne pas avoir d'amie avec moi pour partager tout ce bonheur, toutes ces expériences que je vis depuis mon départ. J'alterne, plage, piscine, spa, chaise longue et lit, et je recommence. Je regrette de ne pas avoir pris de livre, j'aurais eu le temps d'en dévorer quelques-uns depuis que je suis ici. Il y a un coin détente dans le bar lounge avec des livres, j'en ai vu en anglais, mais je n'ai pas vraiment envie d'en arriver à ces extrêmes. Aujourd'hui je prends le temps et cherche un peu plus minutieusement, je pense pouvoir en dénicher un. J'espère juste que ce ne sera pas un roman à l'eau de rose ou un livre pour enfant. En parcourant la bibliothèque de fond en comble, j'arrive à trouver deux bouquins en français, un thriller et un roman d'anticipation, dans un sale état, mais bon, comme on dit, faute de grives, on se contentera de merles. Je ne sais pas si le thriller sera bon, mais je choisis de le garder pour la fin et j'attaque le roman. Le soir venu, j'avais déjà lu un bon tiers, on peut dire qu'il se lisait aisément. Même si je n'étais pas hyper fan, j'étais suffisamment captivée pour ne pas abandonner en route. Il ne me fallut que la journée du lendemain pour le finir. Finalement, même si je ne suis pas adepte de ce type de roman, j'avais passé un bon moment. Je décide néanmoins d'attendre deux jours avant d'attaquer le thriller, car je sais que s'il est captivant, il ne fera qu'une journée. Je regarde dans le hall de l'hôtel et m'aperçois qu'il propose une excursion pour le lendemain. Je ne suis pas très fan de ce style de voyage, mais en même temps, je me dis que ça me changera des séances de bronzage et que c'est aussi un moyen de découvrir un peu l'arrière-pays. Je vais donc m'inscrire à l'accueil pour cette petite balade qui me fera le plus grand bien. La journée fut agréable, même si j'ai trouvé cela un peu long. C'est sûr qu'en bus ce n'est pas comme en voiture, ça prend plus de temps rien que pour compter à chaque arrêt qu'il ne manque personne, et il manque toujours quelqu'un. Soit un groupe qui s'attarde dans une boutique souvenirs, ou aux toilettes, mais invariablement, on ne part jamais à l'heure prévue. Sinon, c'était une chouette balade, on a visité quelques villages et l'avantage, c'est que le guide explique un peu l'histoire et quelques anecdotes croustillantes parfois. J'en conclus que cette journée était géniale, mais fatigante. Ce n'est pas grave, demain, je me remets à mon activité favorite, plage, piscine, spa…

17- *Holiday Inn Lisbonne Continental*

Je prends un taxi à l'aéroport pour me rendre jusqu'à mon hôtel, je n'ai pas vraiment l'envie de visiter, même si c'est une ville que j'aimerais bien mieux connaître, qui sait, j'y reviendrai peut-être avec Marion ? Je récupère ma chambre, prends une bonne douche et je ressors aussitôt pour aller m'acheter mon PC portable. D'après les renseignements que j'ai trouvés à l'accueil, je vais dans un supermarché Jumbo dans le quartier de Alto Do Montijo, pour trouver mon bonheur. J'en profiterai pour prendre des crèmes solaires et autres produits indispensables. Ça me prend un peu de temps pour m'y rendre, mais je ne suis pas pressée, donc, il n'y a pas le feu au lac, comme disent les Suisses. Une fois sur place et n'y connaissant pas grand-chose, pour ne pas dire rien, je demande un PC portable au responsable du rayon, avec les éléments que Julia m'avait noté sur un bout de papier. Le gars revient au bout de cinq minutes avec deux modèles, presque identiques en termes de performances et de prix, seul, leur look est différent. J'opte pour le blanc crème, je trouve qu'il fait plus féminin. Bon, ce n'est pas un sac à main non plus, je sais bien, mais je trouve celui-ci plus adapté pour moi, coquetterie féminine sans doute ! Je flâne un petit moment dans le supermarché et me procure quelques produits d'hygiène et quelques fruits que je dégusterai sur le retour. De retour dans la chambre, j'installe mon PC sur la petite table basse, branche l'alimentation et attend fébrilement de me retrouver sur le bureau. Je ne reconnais pas du tout ce qu'il y avait sur le PC de Julia et me mets à paniquer. Je décide d'aller demander de l'aide à l'accueil, il n'y a que des gens charmants, ils feront bien cela pour moi. Une fois à l'accueil, je repère une jeune femme et lui fait signe de la main. Elle accourt à mon secours et je lui explique que c'est la première fois que j'allume mon PC, que j'aimerais aller sur internet et plus précisément sur l'adresse de ce blog. Elle s'empare du PC, mais je lui fais comprendre que j'aimerais voir ce qu'elle fait pour réussir à le refaire une fois seule. Très gentiment, elle m'explique les étapes. Effectivement, cela paraît simple quand on connaît. Je la remercie et je lui demande aussi les moyens de transport pour me rendre à Albufeira demain. Il y a l'avion, mais elle me propose aussi le bus. C'est un peu plus long, mais l'avion m'emmène à Faro qui est assez loin d'Albufeira et surtout les prix ne sont pas comparables. J'opte donc pour le bus. Je

cherche puis note l'itinéraire à partir de l'hôtel pour prendre le bus ici, puis à l'arrivée de la station de bus à l'hôtel. Une fois tous ces précieux renseignements en poche, je remonte dans ma chambre en prenant soin que le PC ne s'éteigne pas. Une fois confortablement installée, je parcours le blog jusqu'en bas et ne trouve pas, hélas, de message à la suite du mien. Je suis un peu dégoûtée sur le coup, mais me raisonne et décide d'aller manger en ville pour ma dernière soirée à Lisbonne. Finalement, je profite assez bien de cette soirée très animée et bruyante surtout, en m'efforçant de ne pas penser au blog. J'ai comme une angoisse depuis que j'ai écrit à Marion. Je ne suis plus « masquée » maintenant, je navigue en plein jour si je puis dire et je ne sais pas l'accueil qu'elle me réservera. L'inconnu me fait un peu flipper, mais je dois penser positivement. La seule chose dont je me souvienne très souvent, trop souvent, c'est une phrase que me répétait sans cesse ma mère :
« *La pensée positive crée les évènements positifs. Si tu penses négatif, il ne t'arrive que des problèmes* ».
Je ne dis pas que ce soit faux, bien au contraire, mais je ne me rappelle pas avoir eu des idées ou pensées négatives quand Steeve m'avait proposé ce Mojito, et pourtant, rien de positif n'est arrivé par la suite… Au fond de moi, il y

avait sans doute des craintes dues au fait que c'était un inconnu et qu'on nous rabâche quand on est jeune qu'il ne faut pas parler aux inconnus. Mais bon si, en tant qu'adulte, on ne parle qu'à ceux qu'on connaît, le cercle sera vite restreint. Alors oui, sans doute, dans mon subconscient, il y avait des pensées négatives, je ne peux sans doute pas le nier, mais le conscient lui n'entrevoyait que du positif, et même de l'ultra positif si vous voyez ce que je veux dire. Pour en revenir à Marion, je m'imagine au plus profond de moi que notre entente sera géniale. En fait, c'est un peu ma bouée de sauvetage, et je n'ai pas envie qu'elle soit crevée, donc, je l'imagine parfaite, forte, et belle…

La première chose que je fais en me levant le lendemain, c'est d'ouvrir le PC et d'aller vérifier une éventuelle réponse de Marion sur le Blog. Hum, déception, toujours rien, je m'interroge du coup sur mon voyage à Albufeira. Si Marion n'écrit qu'une fois partie, il serait peut-être plus judicieux d'attendre des nouvelles sur le blog et de partir la rejoindre dans sa nouvelle destination. Cela serait peut-être plus sûr ? J'avoue que je n'en sais plus rien. Je ne peux pas non plus attendre indéfiniment dans cette chambre d'hôtel une réponse à mon message. Donc je poursuis suivant le plan initial, je prends le bus tout à l'heure. Le voyage a pris un peu moins de 3 heures et me voilà arrivée à bon port. Il me reste une bonne partie de marche à pieds jusqu'à l'hôtel, mais cela me fera du bien, je suis restée trop longtemps assise dans la même position. Et puis il fait super beau et chaud, j'apprécie de sentir les rayons de soleil me pénétrer au plus profond de mon être. Lorsque je me retrouve dans le hall d'accueil, je me sens encore plus fébrile que je ne l'étais à Lisbonne. Je remplis les formalités d'usage, puis je demande s'il n'y aurait pas une lettre pour Mme Saudade. La jeune femme revient et me dit qu'il n'y a rien à ce nom-là, ni au mien d'ailleurs, s'empresse-t-elle d'ajouter avec un petit regard en coin. Je n'entre pas dans les explications, elle peut penser ce qu'elle veut. Mon cœur se serre à nouveau un peu plus, cela voudrait dire que soit ils ont jeté la lettre le lendemain du départ de Marion, ce qui est peu probable, soit Marion est encore ici. Je regarde tout autour de moi en recherchant une personne qui pourrait-être ma Marion. Il y a pas mal de jeunes gens d'une vingtaine d'années, probablement des étudiants en quête de détente, à voir leur comportement. Je monte dans ma chambre et défait mon sac. Je prends une bonne douche, un peu fraîche pour me

ressaisir un peu de toute la chaleur accumulée.
Je descends au bar lounge, et ouvre mon PC.

Je suis la seule cliente au bar, la plupart des gens sont au bord de la piscine ou sur la plage j'imagine. Après mon périple en bus, dont la climatisation n'était pas au top de sa forme, puis ma marche à pied, j'apprécie de rester un peu au frais dans ce bar, sirotant une « Super Bock » bière portugaise, bien fraîche.

18- *Blog (5)*

Chère Marion,

Je n'ai pas eu de tes nouvelles, alors je me suis mise en route pour te rejoindre. Me voici aujourd'hui à L'AURAMAR Beach Resort à Albufeira, chambre 137 (mes chiffres favoris le 13 et le 7), je ne suis pas une adepte de numérologie, mais j'aime bien faire ce genre de rapprochements, c'est comme ça !

Comme je n'ai pas trouvé de lettre pour Mme Saudade à l'accueil, je me suis mise à rêver que tu étais encore là, si proche de moi et pourtant, encore inaccessible. Je t'avoue que mon cœur bat très fort en ce moment, ne sachant pas où tu te trouves, ni comment te rencontrer. J'espère juste que tu regardes ton blog de temps en temps, sinon, l'attente va être un véritable supplice pour moi.

Inès.

19- *Albufeira*

[Inès]

Une fois ce message écrit, je remonte dans ma chambre pour faire un brin de sieste, cela me fera du bien, je pense. J'ai tiré les rideaux et baissé un peu les volets, afin d'avoir une semi-pénombre dans la chambre. J'ai allumé la télévision avec le son au minimum pour avoir un fond sonore qui me berce. J'ai somnolé assez rapidement, je crois bien. Je suis réveillée et sors de ma courte sieste lorsque quelqu'un frappe à ma porte. Je me lève et me dirige vers la porte et je pense tout à coup que c'est sans doute Marion qui a lu mon message et qui connaissant mon numéro de chambre est venue voir si j'étais là. J'ouvre la porte, mon cœur battant au moins à 180 pulsations par minute, et trouve une femme de ménage qui me demande si j'ai besoin de quelque chose dans la salle de bain ? Elle avait un doute que j'aie bien tous les produits de toilette. Nous nous dirigeons toutes les deux vers la salle d'eau et elle remarque que je n'ai presque plus de papier de toilette. Elle retourne à son chariot et revient m'en déposer deux en réserve. Je la remercie, et retourne me coucher. Mon rythme cardiaque étant redescendu à la normale.

[Marion]

Après avoir passé la majeure partie de la journée à la plage, je vais faire un petit tour au spa. J'ai besoin de me détendre et une petite heure dans les bulles ne sera pas de refus. Bien relaxée, je remonte dans ma chambre et me change pour sortir manger. Je déambule dans les petites rues jusqu'au restaurant dont j'avais pris la carte à l'entrée de l'hôtel. Il y a des spécialités de poissons, mais aussi de la viande, et même des burgers. Mon choix se porte sur du poisson, une photo d'un beau steak d'espadon m'a donné envie d'y goûter. J'accompagne ce repas d'un petit peu de vin blanc, tout à fait correct. Le restaurant est bien rempli et j'ai eu de la chance d'avoir une table sans avoir pris la précaution de réserver. Je garde la carte précieusement et je n'oublierai pas d'assurer mes arrières la prochaine fois, en téléphonant avant.
Je rentre tranquillement à l'hôtel, devant moi à quelques mètres, une jeune fille se dirige vers l'hôtel aussi. Je me fais la réflexion qu'on se sent plus en sécurité ici qu'à Londres. D'un autre côté, les rues sont bien animées et bien éclairées aussi. Il y a du monde de partout, on ne se sent pas seule un instant.

Je fais un crochet par le bar de la piscine pour prendre un dernier verre avant d'aller me coucher. Une fois mon verre fini, je remonte dans ma chambre et me couche direct.

[Inès]

Une fois bien reposée, je décide de sortir manger. J'ai vu dans le hall une carte d'un restaurant pas très loin, le « Cepa Velha » qui fera très bien l'affaire. Il y a un monde fou et le serveur me dit que j'ai une chance folle, une table de deux vient juste à l'instant de se décommander. Je ne m'attendais pas à ce que ce restaurant soit bondé. Ce doit être un gage de qualité pour le coup. Je regarde la carte un bon moment puis je choisis un steak d'espadon. Le Portugal, c'est le pays du poisson après tout ! Je prends mon temps et savoure chaque bouchée. C'était vraiment un très bon choix et je pense y revenir sans doute. Je rentre tranquillement à l'hôtel et remonte dans ma chambre pour prendre mon PC. Je redescends ensuite au bar et commande un cocktail sans alcool. Je me pose sur une banquette et allume le PC, dans l'espoir d'avoir enfin des nouvelles de Marion. Toujours rien, quelle déception, je n'ai malheureusement pas d'autre solution que d'attendre qu'elle lise son blog ! Je ne me vois pas me trimbalant dans le hall toute la journée avec une pancarte avec Marion marqué dessus. Je suis dans un tel degré d'énervement que je ne sais plus le contrôler. C'est tellement rageant d'être si près du but et de n'avoir aucun moyen de l'atteindre. Si seulement j'avais son nom, je me serais renseignée et je serais allée taper à sa porte, même si j'aurais dû vaincre une bonne dose de timidité pour faire cela. Mais là, rien que je ne puisse faire, à part attendre. De toute façon, elle a tout en main pour me joindre, de mon côté je n'ai plus rien à faire, donc demain je passerai ma journée à bronzer au soleil tel un lézard, en attendant qu'une jeune fille vienne m'aborder. C'est sur cette belle image que je remonte me coucher. J'avais un peu peur qu'avec ma petite sieste, je n'arrive pas à trouver le sommeil, mais je me suis assez vite endormie.

[Marion]

Les rayons de soleil qui viennent lécher mes yeux m'obligent à me lever, il est déjà 9 h 30 et j'ai dormi comme un loir. Après un brin de toilette, je descends prendre mon petit-déjeuner, c'est un self-service et c'est bien pratique. Il y a de tout : céréales, laitage, compote, yaourts, fruits…, de quoi faire un bon petit repas. Je me dirige ensuite vers la piscine, je prends un premier bain puis me badigeonne de crème solaire, même si avec mon beau bronzage, cela n'est plus vraiment nécessaire selon moi. Puis j'attaque la lecture de mon thriller. La mise en bouche est assez compliquée et j'ai du mal à me concentrer à cause de jeunes qui chahutent un peu près de moi. Je suis obligée de relire parfois les mêmes passages tellement ils me déconcentrent. J'envisage presque de changer de place, avant que tous les bains de soleil soient pris d'assaut. Finalement, ils finissent par se séparer en deux groupes, et le calme revient sur les abords de la piscine. Au quatrième chapitre, l'action commence à s'activer et monte crescendo, comme mon intérêt pour le livre. Je ne m'interromps que quelques minutes, le temps d'aller me chercher une boisson au thé frais. Je me replonge dans mon polar, le suspens commence à devenir intéressant et je commence à échafauder quelques pistes possibles. Le livre est d'assez bonne facture et commence à me captiver. Je suis bien contente d'avoir commencé par l'autre livre car celui-ci est nettement plus accrocheur. Pour ne pas le finir dans les heures qui viennent, je pars faire un break à la plage. Je reviendrai le finir un peu plus tard.

[Inès]

J'ai passé une excellente nuit. Après un bon petit-déjeuner, je file me prendre mon premier bain dans la piscine et me prélasse sur un bain de soleil. La vie a déjà été plus dure, je vous assure. Toute la matinée, j'alterne, bain et séchage sur ma serviette. Une bande de jeunes chahutent un peu trop fort à mon goût, et cela commence à me chauffer. Je suis partagée entre deux solutions, leur demander de se calmer ou partir à la plage pour retrouver un tant soit peu de calme. Finalement, ils finissent par se scinder en deux groupes, et le calme revient. Il était temps ! Je décide d'aller jeter un petit coup d'œil à cette plage. L'eau est cristalline et le sable bouillant, j'ai bien fait de garder mes sandalettes, cependant le peu de sable qui passe sous mes pieds me brûle comme ce n'est pas permis. Ce premier bain est un enchantement, l'eau est sublime et il y a plein de poissons que je peux apercevoir tellement l'eau est limpide. Je me rince à la douche afin de ne pas sécher avec l'eau salée, ça tire la peau et ce n'est pas très agréable. Une fois sèche, je remonte me positionner sur un bain de soleil à la piscine. Je recommence mon ballet, piscine, séchage sur la serviette, piscine… Au bout de deux heures, je quitte mon bain de soleil pour aller me décontracter au spa. L'eau est à très bonne température et les remous me font un bien fou, surtout au niveau des lombaires. Je compte rester une grosse demi-heure, puis je remonterai dans ma chambre pour me changer et aller manger dehors. Je retournerai sans doute au même restaurant, j'ai encore plein de choses à visiter sur leur carte. Comme il n'est vraiment pas loin de l'hôtel, cela se fait très bien à pied et avec ce temps doux, c'est très agréable. Comme la veille, je n'avais eu ma table que grâce à une annulation, j'ai pris les devants en réservant une table pour ce soir. Comme je suis seule, je suis sur une petite table pour deux dans un coin, mais cela ne me dérange pas. La soirée est animée, il y a de la musique et une jeune femme qui chante, je crois bien que c'est du Fado. C'est trop bien, j'adore sa voix, elle est chaude et mélodieuse. Après une longue hésitation, je finis par prendre une salade de poulet en entrée et des pâtes à la bolognaise. Il n'y a que moi pour manger ça au Portugal, trop déconnectée la fille ! Le serveur, par son attitude pressante me fait comprendre qu'il attend que je finisse. Le restaurant est plein comme un œuf ce soir encore, et je me dis qu'il doit avoir besoin de ma table pour un couple d'amoureux. Aussi, je ne jouerai pas les prolongations, quel dommage, j'aurais bien pris une bière et continué à écouter la chanteuse. J'irai boire ma bière au bar de l'hôtel, ça ne sera pas la même chose, mais je ne peux pas faire attendre plus longtemps des amoureux et mon serveur ! À peine, je me suis levée, qu'il se jette sur la table pour dresser un couvert. Tiens, ce n'est pas un couple, mais une personne seule, j'aurais pu rester encore un peu, cela ne m'aurait pas dérangée de partager ma table. Bon, je sais cela ne se fait pas dans un restaurant, mais cela m'aurait permis de prolonger mon plaisir. Par curiosité, je traîne un peu, et je vois le serveur accompagner une jeune fille à la table. Je suis un peu loin et ne vois pas trop bien, et je veux rester discrète, mais elle a l'air jolie et d'avoir la trentaine, elle aussi. Et si c'était Marion ? Je me torture à me poser ce genre de question, car même si c'était elle, je n'aurais jamais le courage d'aller à sa table pour le lui demander. Je rentre à l'hôtel en espérant avoir une réponse sur le blog. Je récupère le PC dans ma chambre et redescends au bar. Je commande une bière sans alcool, puis j'allume le PC et me connecte au blog de Marion. Toujours rien ! Une idée me traverse l'esprit : si elle avait vu mon message et qu'elle ne réponde pas ? Non, elle n'a pas fait tout ceci pour ne pas rencontrer la personne au dernier moment. Elle semblait espérer fortement que quelqu'un s'intéresse à elle dans ses lettres et je ne peux pas imaginer cela. Je pense plutôt qu'elle profite du bon air et ne se connecte que lorsqu'elle change d'endroit pour laisser ses instructions. Je n'ai pas d'autre choix que d'attendre patiemment. Il n'est pas très tard, mais je préfère aller dormir, comme ça demain arrivera plus vite.

[Marion]

La plage est vraiment très agréable, il n'y a pas grand monde et l'eau est toujours aussi claire et chaude, un vrai régal. Je suis restée un peu plus longtemps que prévu, je décide de remonter dans la chambre et de faire les recherches sur ma prochaine destination. Je finirai le livre ce soir très certainement ou demain matin. Je prends une bonne douche, me sèche les cheveux et m'installe sur le PC. Je recherche un hôtel sur Chennai en Inde. J'aimerais y passer quelques jours, puis visiter Pondichéry aussi. Il y aura sans doute des excursions au départ de l'hôtel. Je ne me sens pas de faire cela seule avec une voiture de location. J'imagine trop l'enfer que ce doit être de conduire là-bas. Je suis intéressée par le Westin chennai Velachery Hôtel, situé à 10 minutes à pieds du grand centre commercial Phoenix Marketcity. Il ne me reste plus qu'à regarder pour les vols. C'est un casse-tête pour trouver un vol avec le moins d'escale possible. J'ai fini par trouver un Faro/Francfort départ 14 h 50 et arrivée à 18 h 55, avec une nuit à Francfort, puis le lendemain un direct Francfort/Chennai, départ 10 h 50 et arrivée à 23 h 50. D'un côté, c'est embêtant de devoir passer une nuit à Francfort, mais d'un autre côté, cela coupe le voyage en deux, ce sera moins fatigant. Le vol le plus long durera 9 h

30. J'ai pris le billet Faro/Francfort pour après-demain, afin de refaire mes bagages tranquillement et de finir le livre sereinement. J'écrirai sur le Blog après le restaurant. Je retourne au même restaurant en ayant réservé cette fois. Je commande en entrée une salade de poulet puis des spaghettis à la bolognaise. Comme nous sommes un jeudi soir, nous avons droit à du Fado, chant traditionnel portugais. La jeune femme a une voix chaude et enivrante, c'est très joli, j'adore ça et j'en profite. Je traîne un peu, je peux bien prendre mon temps, après tout, personne ne m'attend. Lorsque je rentre à l'hôtel, je suis un peu trop fatiguée pour aller sur le blog ou lire le livre. Je décide de me coucher directement. Le lendemain, une fois le petit-déjeuner pris, je me replonge dans le livre, allongée sur mon bain de soleil au bord de la piscine. Il ne me faut pas plus de deux heures pour le finir. J'ai adoré et je n'aurais jamais imaginé avoir la chance de tomber sur un aussi bon livre dans cette bibliothèque, remplie principalement de livres portugais et anglais. En fait, les deux seuls livres français trouvés étaient assez bons, je dois le reconnaître. Je vais reposer le livre à la bibliothèque, puis me dirige vers le buffet pour une petite collation. Je remonte faire mes bagages, puis je redescends au bar pour écrire sur mon blog. À peine la

page s'ouvre que je remarque que quelqu'un a écrit après moi. Un hasard ? Je commence à lire et une joie immense me submerge. Ma bouteille a été trouvée par une jeune femme de 31 ans, Inès. Elle est partie sur mes traces, je n'osais l'espérer tellement les chances que cela se produise étaient minces. Je suis en train de me consumer de l'intérieur, je commande une bière, j'ai besoin de me rafraîchir. Mince, c'est vrai que je n'avais pas pensé à ce petit détail, aucune chance qu'un Mr ou Mme Saudade ne trouve ma bouteille du coup, cela devenait compliqué à la réception de donner une lettre à une inconnue. Elle ne manque pas d'imagination : « ma collaboratrice et j'utilise un nom de code ». Hahaha, Inès tu me plais déjà. Oui, pour Londres c'est vrai que j'ai dit que j'y reviendrais, mais bon, je ne suis pas pressée non plus, ma frayeur du parc n'est pas encore de l'histoire ancienne, et vu ce qu'il s'est passé dans l'autre parc, le fait d'être deux jeunes filles ne sera pas forcément un gage de sécurité. Elle aussi a adoré Murano et Burano, je suis contente de lui avoir donné cette envie, ce fut vraiment un moment magique pour moi. Mais non tu n'es pas attardée, la preuve tu as réussi à me joindre, tu es super ! Quoi ? Elle est ici ? Mais c'est génial ! Chambre 137. En lisant cela, je me précipite vers l'ascenseur puis me ravise. Il est tard, je ne vais quand même pas la réveiller si elle dort ? Je peux attendre demain, enfin je dois attendre demain. Tant pis je me lance, ayant fait tout ce périple, elle ne pourra pas m'en tenir rigueur, c'est impossible, et puis je me ferai pardonner en lui offrant un bon cocktail. Me voilà devant la porte de la chambre. Mes battements de cœur font tellement de bruit, que je me demande s'il est utile que je toque à la porte ? Je frappe trois petits coups et attends dans le noir, la lumière du couloir vient de s'éteindre, mais je n'ai pas le courage de bouger, je suis figée comme une statue de marbre. Je perçois un peu de lumière sous la porte et entends quelqu'un qui se rapproche.

_ C'est pour quoi ?

_ Désolée de vous déranger, Inès ? C'est Marion !

La porte s'ouvre et je l'aperçois raide comme un piquet, je ne suis pas certaine qu'elle respire, moi-même j'ai du mal et instinctivement on se rapproche et on s'enlace en se serrant fort, très fort à nous couper le souffle. On reste comme ça pendant un certain temps, assez long tout de même sans rien dire juste se sentir blotties l'une contre l'autre. Je n'aurais jamais imaginé que ça puisse me faire un tel bien. On finit par se relâcher, on s'observe puis on prend la parole en même temps, puis on bafouille, on se fait des politesses et on reparle encore en même temps et on part dans un fou rire nerveux.

20- La rencontre

_ Je suis encore désolée de te réveiller comme ça en début de soirée, mais je ne pouvais pas attendre demain, j'espère que tu ne m'en veux pas trop.

_ Non, ne t'inquiète pas, je t'en aurais voulu, si tu avais attendu demain, dit Inès en rigolant.

_ Je peux t'offrir un verre pour m'excuser du dérangement ?

_ Non, je t'en prie, ne pense plus ça, je suis tellement contente de te voir, oui, je veux bien, je passe vite un truc et je suis à toi.

Une fois qu'Inès réapparaît, sa robe enfilée, on descend au bar, et on s'installe dans un coin tranquille sur les banquettes.

_ Je t'offre un cocktail ?

_ Je te remercie, mais je ne suis pas très « alcool ».

_ Il y en a de très bons et sans alcool. Regarde un Blue Lagoon, jus de pamplemousse, Schweppes et sirop de menthe.

_ Allez, va pour un Blue Lagoon alors. Tu ne vas pas me croire, mais on a mangé au même restaurant, à la même table ce soir.

_ Quoi, qu'est-ce que tu me racontes là ?

_ Lorsque j'ai quitté le restaurant, j'ai regardé qui s'installait à ma table, parce que franchement, je serais bien restée encore un peu, tellement elle chantait bien cette femme.

_ Oui, tu as raison, elle m'a envoûtée, elle était géniale.

_ Eh bien, j'ai fait la curieuse, et j'ai vu une jeune femme seule prendre ma place, je me suis même demandé si ce n'était pas toi. Maintenant que je te vois, j'avais eu un bon pressentiment, c'était bien toi.

_ Ho non, c'est trop bête, on ne se connaissait pas encore, on aurait passé une si belle soirée !

_ Il y en aura plein d'autres j'espère ?

_ Oh ça oui, la solitude commençait à me peser, tu ne peux pas savoir comme je suis ravie que tu entres dans ma vie, vraiment !

_ J'imagine oui, mais toi non plus, tu ne sais pas à quel point tu es importante pour moi, déjà.

Malgré ses efforts, Inès ne peut pas retenir ses larmes, mélange de joie, de tristesse, de peur et d'angoisse.

_ Non je t'en prie, pas de larmes, sauf, si elles sont de joie, lui dis-je, en la prenant dans mes bras.

La chaleur de nos corps enlacés, fit fondre littéralement Inès, et ne résistant pas, elle se laissa aller à pleurer. Elle finit par se reprendre et s'essuyer le nez et les joues avec sa serviette.

_ Oui, ce sont des larmes de joie, de soulagement et d'espoir, dit Inès, enfin.

_ Tchin tchin, Inès

_ Tchin tchin, Marion. Je t'imaginais jeune et belle, tu es encore plus belle que ça, dit Inès.
_ Merci tu es trop gentille, mais tu es une femme charmante aussi.
_ Merci.
_ Bon, parle-moi un peu de toi, ta famille est au courant que tu fais ce périple, t'as un petit copain ?
_ C'est compliqué, non je n'ai pas de copain, je travaille comme travailleur saisonnier et donc j'ai pris des congés. Enfin, je ne suis même pas déclarée, donc ce ne sont pas vraiment des congés. Je sais que lorsque je rentre, je retrouve du travail sans problème. Ce n'est pas la panacée, mais je n'ai pas besoin de beaucoup d'argent et je me contente de ce travail que j'adapte un peu comme je veux. Pour les périodes, comme tu peux t'en rendre compte aujourd'hui, mais aussi pour les heures. J'ai une extrême souplesse et cela me convient très bien. J'ai un petit appartement deux pièces à Toulon à moi, je n'ai donc plus de loyer à payer, ce qui explique pourquoi je me contente de peu d'argent. J'ai une grande sœur et un grand frère, vraiment plus âgés que moi, mais je ne les vois plus, comme mes parents d'ailleurs qui eux pourraient être mes grands-parents, vu la différence d'âge. Voilà rien de bien folichon. Et

toi alors, j'en sais un peu plus sur toi, grâce au blog, mais dis-moi tout.

_ Je n'ai plus de copain, comme tu le sais déjà, mais franchement, je ne lui en veux plus aujourd'hui. Il m'a ouvert les yeux, même si cela fait mal, mais au moins je ne perds plus mon temps dans une relation qui allait droit dans le mur. J'ai plus de mal avec la trahison de mon ex meilleure amie, j'ai souffert et je souffre encore de solitude depuis, mais je suis contente, j'en ai trouvé une bien meilleure.

_ Je suis trop touchée de t'entendre dire cela, je veux bien qu'on soit « les meilleures amies du monde », ça c'est sûr, répond Inès.

_ En fait, cette mésaventure m'a permis de m'émanciper en quelque sorte. Au travail, j'étais prise pour une conne puissance mille, et en couple aussi à priori. Alors, cela m'a donné le déclic. Comme je l'ai dit dans ma lettre à la mer, j'ai perdu mon papa trop tôt. J'avais mis de côté son héritage, et donc, j'en ai profité pour partir, souffler et surtout changer complétement de mentalité. Aujourd'hui je ne composerai plus comme avant. Je fais et je dis ce que j'aime, et je ne ferai plus des trucs qui ne me plaisent pas, voire me contrarient juste pour être aimée ou être la bonne personne. Non, je suis moi, et les personnes qui ne me supportent pas comme je suis, s'écarteront de mon chemin naturellement, un point c'est tout.

_ Là tu as entièrement raison, je t'approuve à 1000 %.

_ Mais toi, dis-moi ce qui t'a poussée à suivre les traces d'une foldingue, haha ?

_ D'abord, je ne trouve pas que tu sois une foldingue. Je trouve, au contraire, que tu es quelqu'un de très sereine et qui sait ce qu'elle veut dans la vie et où elle va, enfin, maintenant.

_ Oui c'est sûr, mais bien des personnes n'auraient pas donné suite à cette lettre, et m'auraient jugée sans doute. Je m'étais même dit : « Et si c'est un enfant qui trouve la bouteille, ou une personne âgée ? ». Aucune chance qu'ils donnent suite à mon message.

_ Par chance, je te l'ai dit et je te le confirme, cette lettre est arrivée au meilleur moment pour moi, à un tournant de ma vie si l'on veut.

_ Explique, que t'est-il arrivé ?

_ Si cela ne te dérange pas, je préfère en parler plus tard, lorsqu'on se connaîtra un peu mieux. Ce n'est pas un secret ou un manque de confiance en toi, non, rien de tout ça. Je préfère juste que cela ne brouille pas les pistes et n'entrave pas ton jugement sur moi, je veux donner toutes les chances à notre amitié, c'est énormément important pour moi.

_ Je comprends, ne t'inquiète pas, mais je suis certaine qu'on va être les meilleures amies du monde, et je vais tout faire pour.
_ Tu ne peux pas savoir comme tes paroles me réchauffent le cœur. Inès, prise d'émotion ne peut contenir ses larmes, et je ne peux que la serrer fort contre moi. Je sens sa respiration et son souffle chaud dans mon cou. J'ai une drôle de sensation. J'imagine que c'est le genre de sentiment qu'on éprouve avec une sœur. Enfin, quoi que ce soit, c'est très agréable, d'ailleurs on reste un moment comme ça, puis sentant sa respiration plus calme, je me recule pour vérifier que tout va bien.
_ Je ne suis pas une pleurnicharde, tu dois me trouver un peu à fleur de peau, c'est un peu le cas, mais même si je suis très sensible, j'arrive mieux à me contenir d'habitude. Tu dois être ma kryptonite, dit Inès à mon regard interrogateur, tout en s'essuyant les joues.
Le reste de la soirée et du début de nuit se passe à se raconter des choses de nos vies, de nos jeunesses respectives. On apprend à mieux se connaître, mais l'une comme l'autre, on n'a pas envie que ce moment s'arrête. D'un coup, je réalise que si j'ai vu le message d'Inès sur mon blog, c'est que j'allais y inscrire ma future destination.

_ Au fait, il faut que je te dise, si j'ai trouvé ton message c'est que je m'apprêtais à donner ma destination suivante, d'ailleurs j'ai déjà réservé le voyage et l'hôtel. Mais ne t'inquiète pas, j'annule tout ça dès demain matin.

_ Oh non, ne change rien, je veux bien me joindre à toi si tu le veux bien ?

_ Bien sûr, au contraire, rien ne me ferait plus plaisir. Ok, dès demain, je m'arrange pour les réservations. As-tu une idée de ma prochaine destination ? Vas-y donne m'en trois !

_ Alors, que je réfléchisse. En premier, je dirais l'Inde, en second la Chine ou le Japon, et en trois le Canada.

_ Waouh tu m'impressionnes dis donc ! C'est bien l'Inde, j'ai choisi « Chennai », mais j'ai longtemps hésité avec le Canada. Je comptais m'y rendre après pour laisser le temps aux températures de devenir estivales.

_ Génial, L'Inde. Trop bon, j'en frétille de joie.

_ Bon on devrait peut-être aller se coucher, car demain, je dois réserver les billets au plus tôt, et c'est moi qui t'invite, ce n'est pas négociable, c'est ma façon de te dire à quel point je suis heureuse que tu aies trouvé la bouteille et encore plus que tu sois ici avec moi.

_ Ça me gêne Marion, j'ai prévu un budget pour ce périple, tu sais...

_ J'ai dit pas négociable. *Je la coupe ne la laissant pas finir.* Tu ne peux pas t'imaginer le beau cadeau que tu me fais d'être là ce soir.

_ Merci Marion, je suis trop touchée, tu es géniale, je t'adore déjà !

Nous remontons dans les chambres et nous passons devant la mienne en premier, la n°113. On s'arrête devant, mais je ne me vois pas lui dire à demain, je ne me sens pas de me retrouver seule cette nuit après ce qu'on vient de vivre.

_ Ne me prends pas pour une folle, mais ça ne te dérangerait pas, si nous passions la nuit ensemble ? *Visiblement, Inès semble ravie.*

_ Non, bien sûr, au contraire, mais c'est génial, tu es géniale ! Je vais vite chercher mes affaires de toilette et mon pyjama et je reviens.

Cinq minutes après, Inès toque à la porte, je lui ouvre puis elle va déposer ses affaires dans la salle de bain. Quand elle en ressort, en pyjama, je suis déjà dans le lit à l'attendre. On se fiche l'une comme l'autre du côté du lit donc je reste côté droit et elle se glisse sous les draps côté gauche. On se fait un gros câlin, des bisous et on s'endort rapidement, car il est déjà 2 h 27 du matin.

21- *La rencontre [Inès]*

J'entends quelqu'un qui frappe à la porte, je regarde sur mon téléphone, il est 22 h 30. Qui ça peut bien être ? À cette heure-ci peu de chance que ce soit une femme de ménage. Serait-ce Marion. J'allume et me dirige vers la porte, je crois bien que ma respiration s'est figée.
_ C'est pour quoi ?
_ Désolée de vous déranger, Inès, c'est Marion !
J'ouvre la porte mécaniquement, mais je pense que j'ai quitté mon corps. Du moins, je ne le commande plus, je suis figée comme une statue de marbre, je ne sais même plus si je respire. C'est Marion, c'est bien la fille qui a pris ma place au restaurant, une joie immense m'inonde, j'ai peur de tomber dans les pommes tellement je suis submergée par les émotions. Elle se rapproche de moi et tout naturellement, on s'enlace, on se serre très fort. Je sens son cou chaud contre le mien, je sens son pouls tellement nos cœurs battent très fort. Je m'enivre de son parfum, je voudrais rester comme ça le plus longtemps possible. Soudain, je suis heureuse de n'avoir pas réussi à faire correctement les nœuds, d'avoir trouvé cette bouteille et d'avoir décidé de partir à sa

recherche. On se relâche, puis on parle en même temps, je ne suis pas la seule à être perturbée par cette rencontre, ressent-elle la même chose que moi ? Elle s'excuse de m'avoir dérangée ? Mais tu viens juste de me redonner la vie, de quoi voudrais-tu t'excuser, si seulement tu savais d'où je reviens. Marion m'invite à boire un cocktail au bar, je passe vite une robe, pas le temps d'en choisir une autre, tant pis celle-ci fera l'affaire. Je m'installe sur la banquette au fond pensant que Marion se mettrait en face de moi, mais elle vient se coller contre moi, ce qui n'est pas pour me déplaire. Elle est belle, j'adore ses yeux, ses cheveux, sa bouche, son nez, et son allure, j'adore cette fille. J'espère qu'elle ne voit pas encore clair en moi et qu'elle ne s'aperçoit pas à quel point elle me trouble. Elle me dit que mon entrée dans sa vie vient combler sa solitude, mais pour moi, c'est tout simplement une renaissance, une nouvelle accroche à la vie. Cette douce perspective me bouleverse et je ne peux retenir un flot de larmes qui jaillit comme une source naturelle en montagne. Je ne peux pas tout lui dire sur moi, au risque de l'effrayer. Avoir eu l'idée du suicide, et être passée à l'acte, peut-être cela ne lui permettrait pas d'apprendre à me connaître, la ferait rester sur ses gardes, à bonne distance. Je ne veux pas prendre le moindre risque que

notre amitié soit amoindrie par ces considérations, pas maintenant. Je me reprends un peu et je m'essuie le nez et les joues avec un coin de ma serviette.
_ Tchin tchin, Inès.
_ Tchin tchin, Marion.
Pendant que je me dévoile un peu à Marion, je ne cesse de la manger du regard. Je ne peux pas me contrôler, j'espère que cela ne se voit pas, au point de la mettre mal à l'aise. Marion m'explique qu'elle n'a plus de rancœur à l'égard de son copain, moi aussi, je le remercie de lui avoir redonné sa liberté. Elle me dit qu'elle pense que je serai une meilleure amie que son ex, je ne pouvais pas espérer mieux. Je lui dis juste que j'espère qu'on sera « les meilleures amies du monde ». Elle me dit que j'aurais pu ne pas donner suite à cette lettre à la mer, c'était une autre option, c'est vrai, mais je ne serais plus de ce monde aujourd'hui si j'avais fait ce choix-là. Elle me demande de lui expliquer en quoi cette lettre est arrivée au meilleur moment pour moi. J'essaye de lui faire comprendre que je ne peux pas maintenant, je dois être maladroite, je ne trouve pas forcément les bons mots, j'espère que je ne vais pas lui faire peur. Elle a l'air de comprendre et me réconforte gentiment, et mes émotions resurgissent en même temps que mes larmes.

Elle va me prendre pour une pleurnicheuse, je vais la faire fuir dès le premier jour, Inès, ressaisis-toi. Elle me serre à nouveau contre elle, j'ai ma bouche à quelques millimètres de son cou, j'ai tellement envie de lui déposer un bisou. Mon cœur bat à tout rompre, j'ai ma poitrine tendue, j'ai du mal à respirer calme-toi Inès, je dois me reprendre. On reste quelques instants comme ça, j'aurais pu rester toute la nuit quant à moi, cela ne m'aurait pas dérangée. Elle me dit qu'elle doit partir le lendemain, mais qu'elle annulera dès demain. Je lui propose de me joindre à elle, plutôt, j'ai tellement envie de partager son prochain voyage, au lieu de lui courir après, pour une fois. Elle me demande de deviner sa prochaine destination. Je ne pense pas que ce soit en Europe, je pense au Canada, mais il fait encore un peu froid et après l'Algarve, ça risque d'être dur. L'inde peut-être, ou pourquoi pas la Chine ou le Japon ? Allez, je me lance.

_ Alors, que je réfléchisse. En premier, je dirais l'Inde, en second la Chine ou le Japon, et en trois le Canada.

Waouh, sur les trois, j'avais deux destinations envisagées par Marion, avant ça, on a été à la même table de restaurant, je trouve qu'il y a des signes importants qui expliquent peut-être cette connexion que je ressens entre nous depuis que j'ai lu cette lettre. Marion veut me payer le voyage pour Chennai, j'en suis bouleversée, heureuse, mais en même temps très gênée. Cela doit représenter une sacrée somme d'argent, et je n'ai jamais eu ce genre de cadeau, encore moins d'une personne que je connais depuis moins d'une journée ! Je me sens très embarrassée. Elle insiste et je comprends qu'elle y tient vraiment, d'un autre côté, c'est vrai que j'ai puisé dans mes économies pour ce voyage, et qu'il ne faudrait pas non plus que j'arrive à zéro. Reconstituer à nouveau ce pécule me prendrait énormément de temps, à moins de travailler plus, mais ça, je n'ai pas envie de toucher à ma qualité de vie. Puis on remonte se coucher, on s'arrête devant la chambre de Marion, la n°113 (1 le commencement, 13 mon chiffre favori), elle me demande de rester cette nuit avec elle, je n'aurais pas pu espérer mieux, je dois me contenir pour ne pas exploser de joie, mais franchement, je ne me sentais pas de passer la nuit seule dans mon lit à quelques mètres d'elle. Cette fille est vraiment géniale, je l'adore. Une fois dans le lit, Marion me prend dans ses bras pour un câlin, j'aimerais tant rester comme ça toute la nuit. On se fait un bisou et je reste avec son parfum dans les narines. Je me tourne vers elle et la regarde s'endormir, j'aimerais tellement sentir son corps chaud contre le mien, sentir sa respiration. Elle est déjà endormie, il faut dire qu'il doit être tard, maintenant. J'adore la savoir juste là, à côté de moi, je lutte de toutes mes forces pour rester éveillée et l'admirer, mais la fatigue au bout d'un moment a raison de moi, et je m'endors en espérant partir dans de doux rêves. Lorsque j'ouvre à nouveau les yeux, le matin, Marion est déjà debout, elle ne s'est pas encore habillée, elle est restée en culotte et soutien-gorge, qu'est-ce qu'elle est belle ! Elle s'affaire sur son PC et se retourne vers moi avec un sourire radieux.

_ Bonjour, toi. J'ai réussi à réserver nos places dans l'avion pour qu'on soit ensemble, et j'ai pris une chambre couple à l'hôtel, j'espère que ça ne te dérange pas si on dort ensemble, ce serait bête de payer deux chambres non ?

_ Non, pas du tout au contraire, je préfère, on passera plus de temps ensemble comme ça, c'est parfait.

À peine, j'ai posé le pied par terre, que Marion se jette dans mes bras pour un câlin, je suis aux anges ! Je me suis posée plein de questions durant cette nuit. Mes sentiments, si forts envers elle, sont-ils normaux ? Suis-je devenue folle ? J'aime cette femme, mais je sens bien que ce n'est pas comme une copine ou une sœur. J'ai envie de passer tout mon temps avec elle, auprès d'elle. J'ai besoin de voir ses yeux, de sentir son parfum, de frôler ses mains, sa peau, et de lui faire des câlins et encore des câlins. Suis-je amoureuse d'elle ? Même si le seul fait de me poser cette question m'affole, je dois reconnaître que je pense avoir eu un coup de foudre pour cette fille. J'essaye de me raisonner, ce n'est pas possible, ce n'est pas normal, rien n'y fait, mon être entier ne demande qu'à fusionner avec le sien. C'est tellement irrationnel, je suppose que j'associe cette fille qui m'a envoyé cette bouteille à quelqu'un qui m'aurait sauvé la vie, et peut-être est-ce pour cela que j'ai cet attachement viscéral ? Je devrais peut-être en parler à un psychologue ? Ce qui me perturbe le plus, c'est l'impression qu'elle n'est pas non plus insensible. Par moments, j'ai l'impression qu'elle ressent exactement ce que je ressens. Lorsqu'on se fait un câlin par exemple, elle ne fait pas cela banalement, elle ne se retire pas aussitôt, elle savoure, elle aussi comme moi, ce moment de grâce. Et si elle aussi était tombée amoureuse ? Non, je ne dois pas me mettre ça en tête, s'il survenait un malentendu entre nous et que cela rompe cette amitié naissante, ce serait trop dur pour moi à vivre. Je dois continuer à garder mes sentiments pour moi, et profiter de ces moments fantastiques qu'elle m'offre de temps en temps, ne rien brusquer, ne pas risquer de tout foutre en l'air. Je file sous la douche, cela me fera du bien, une bonne douche fraîche pour calmer mes ardeurs...

Une fois ma douche prise, je retourne dans ma chambre pour boucler mes affaires, puis les ramener dans la chambre de Marion. Le lendemain matin, notre toilette faite, nous voilà dans le hall. On dépose nos bagages à la conciergerie, puis on va manger un petit en-cas au bar de la piscine. On aura de quoi manger dans l'avion, pas la peine de trop déjeuner ici. Le taxi nous emmène à l'aéroport de Faro, nous sommes autant excitées, l'une que l'autre semble-t-il ! Les formalités réglées, on se pose sur une banquette en attendant l'embarquement. Marion a réussi à trouver un livre qu'elle commence à lire, de mon côté, j'ai pris un Sudoku, même en portugais, je peux l'utiliser sans problème. Au bout d'un moment, Marion pose son livre et pose sa tête sur mon épaule. Elle ferme les yeux pour une petite pause, je commence à sentir les effluves de son parfum m'enivrer, je suis heureuse. L'avion en direction de Francfort a décollé à l'heure, bizarrement, je n'ai pas eu peur comme d'habitude. On s'est regardées avec un grand sourire et Marion a pris ma main dans la sienne, et le décollage s'est passé à merveille. À présent, elle repose encore sa tête sur mon épaule, je continue mes Sudoku, cela m'occupe l'esprit pour éviter de trop penser à ce qu'il m'arrive. On arrive à Francfort à 18 h 55, pile à l'heure, le temps de récupérer les bagages, Marion commande un taxi pour l'hôtel. Ce n'est qu'une halte d'une soirée, pas le temps de visiter, ni l'envie d'ailleurs, je commence à être un peu fatiguée, je ne pense pas faire de vieux os ce soir, surtout qu'on veut être à l'aéroport pour 8 h 00 demain matin, pour un décollage prévu à 10 h 50. La nuit fut courte et réparatrice, nous sommes tombées comme des masses. Nous voilà installées à bord de l'avion pour Chennai, le vol durera 9 h 30, ce sera mon plus long vol, j'espère que cela passera vite quand même. Nous avons recommencé le même scénario pour le décollage, nos yeux dans les yeux, ma main dans la sienne et avec un grand sourire, le décollage ne m'effraie même plus. Puis c'est le début du premier film. J'ai dû bidouiller un bon moment avant de l'avoir en français. Je ne me souviens plus du titre, c'était un film sur les extra-terrestres, bref pas du tout le genre qui me passionne, mais ça fait passer le temps. Comme les plateaux repas et collations qui s'enchaînent à un rythme soutenu à mon goût. Puis on regarde le deuxième film, celui-là en revanche, était tout à fait mon style de film favori, « Nos étoiles contraires » un film magnifique, triste, mais plein d'émotions. Marion l'a adoré aussi et a été aussi émue que moi, on a beaucoup pleuré toutes les deux, et à chaque fois que nos regards se croisaient ou que nos mains se touchaient, cela amplifiait la chose. Après cela, je me suis endormie, comme j'avais un peu de mal à trouver ma place, Marion m'invita à poser ma tête sur son épaule, et son doux parfum me fit l'effet d'une berceuse. Je me réveille lorsque l'appareil entame sa descente, je vois que certaines femmes se sont changées pour se mettre en saree (tenue locale). Arrivée dans l'aérogare, on sent comme une certaine chaleur, mais c'est en passant les portes, qu'un mur de feu nous tombe sur les épaules. On en suffoque presque, la différence avec l'intérieur climatisé est surprenante. Il est un peu plus de minuit, et cela laisse supposer combien nous aurons chaud demain. Marion me rassure en me disant qu'elle a choisi un hôtel proche d'un centre commercial et que dès demain, nous irons nous acheter des sarees, afin d'être couleur locale, mais surtout de supporter cette chaleur.

22- *The Westin Chennai Velachery-Chennai Tamil Nadu.*

Lorsque le taxi s'arrête devant l'aéroport, je regarde Inès, étonnée, comme s'il surgissait d'un vieux film noir et blanc. Le taxi est une vielle Peugeot 403, certainement les dernières encore en état de fonctionnement, encore que cela reste à vérifier. Ce vieux tacot réussit néanmoins à nous emmener jusqu'à notre hôtel. Le réceptionniste nous donne la clef de la chambre, c'est la numéro 137.

Encore un phénomène étrange, c'est le même numéro que la chambre que j'avais à Albufeira, encore une coïncidence ? Marion n'a pas l'air d'y avoir prêté attention, faut dire que le voyage ayant été assez fatigant, elle ne rêve sans doute que d'une bonne douche et d'une bonne nuit de sommeil.

Une fois dans la chambre, je fais un rapide tour d'inspection des lieux et plus particulièrement de la salle d'eau. Une magnifique pièce comprenant une douche assez grande pour qu'une équipe de foot se douche en même temps. Nous sortons nos affaires de toilettes, nos pyjamas, puis je propose à Inès de se doucher ensemble pour pouvoir dormir au plus tôt.

Je commence à m'imaginer en train de savonner Marion, en la caressant délicatement, massant sa poitrine et l'embrassant tendrement... *Non, je ne dois pas me laisser emporter dans de tels délires.*

Inès me dit d'y aller en premier, cela ne la dérange pas de se coucher après. C'est donc moi qui prends ma douche en premier, pendant qu'Inès range ses affaires dans la commode et le placard de la chambre. Ma douche terminée, je lui dis qu'elle peut venir, Inès rentre dans la salle d'eau et se trouve nez à nez avec moi toute nue. Inès ne peut s'empêcher de rosir un peu et file vite dans la douche sans s'attarder.

Je la trouve superbe cette fille, j'ai comme l'impression qu'elle s'est rendue compte de mon trouble, aussi je ne m'attarde pas bien que je serais bien restée encore à admirer sa beauté.

Lorsqu'Inès sort de la salle d'eau, je suis déjà au lit, presqu'endormie. Inès se glisse à son tour sous les draps, on se fait un bisou et on s'endort comme des bébés (enfin, ceux qui dorment bien). Le lendemain matin, on se rend dans le centre commercial situé à 10 minutes à pieds. Il y a un monde fou, ça grouille de partout et la circulation est affolante. Les voitures, bus, camions, rickshaw et vélos déboulent de partout, veulent tous passer au même endroit dans un concert de klaxons. C'est hallucinant, il faut l'avoir vu au moins une fois. Le centre commercial est immense, sur cinq étages, il y a toutes sortes de boutiques, des internationales, bien sûr, mais comme on recherche des tenues locales, on se rabat sur les boutiques nationales. Une personne déplie chaque modèle qui semble nous intéresser, même si on ne pose nos yeux que quelques secondes dessus. Nous nous excusons à chaque fois, mais la jeune femme nous fait comprendre que ce n'est pas grave, effectivement, deux autres femmes, au fur et à mesure replient les tenues aussi vite qu'elles avaient été dépliées. C'est impressionnant le nombre de personnes qui travaillent dans ce magasin, au moins il ne risque pas d'y avoir du chômage ici ! On finit par essayer quelques sarees, et finalement on en achète trois chacune. Sur l'un des sarees d'Inès, les manches étaient un peu trop longues à son goût, aussi, une jeune fille redescend avec la tenue et lui dit qu'elle le récupérera en bas. Le temps de descendre jusqu'à la caisse, d'autres jeunes filles avaient pour rôle de mettre les tenues dans des sacs. Lorsque vient notre tour, le saree d'Inès était déjà repris à la bonne longueur. Nous n'en revenons pas d'une telle efficacité et de la rapidité dont avait fait preuve cette fourmilière humaine. Nous sommes parées à affronter les chaleurs locales en tenues adaptées. Nous profitons de l'air conditionné du centre commercial pour flâner un peu et faire du lèche vitrine. On mange un morceau dans un petit restaurant rapide, quelques mets locaux, épicés, avec du riz blanc.

Comme Inès, visiblement, avait un peu de mal avec les saveurs fortement épicées, le serveur lui dépose un petit ramequin avec des grains d'anis et lui indique qu'elle doit manger cela pour calmer le feu en bouche.
Je ne me suis pas méfiée, la sauce était vraiment plus relevée que ce que j'imaginais. J'aurais dû être plus prudente et prendre plus de riz blanc avec pour atténuer la chaleur en bouche. Heureusement le serveur a vu que mes joues prenaient feu et m'a vite apporté des grains d'anis pour calmer l'incendie…
Effectivement, ceux-ci lui procurent une accalmie non-négligeable, à l'avenir, elle se méfiera sans doute un peu plus des sauces. Tout en rentrant à l'hôtel, on décide d'aller à Pondichéry le lendemain. À la réception, on demande à la réception de nous réserver une voiture avec chauffeur pour s'y rendre, et le réceptionniste nous conseille de partir un peu plus tôt, en nous indiquant qu'il fallait compter entre trois et quatre heures de route aller, selon la circulation. La voiture est donc réservée à 6 h 00 du matin. Le voyage, se passe bien. Au début, on pousse des cris lors des dépassements hasardeux ou lorsqu'on frôle le bord de la route ou d'autres véhicules, puis on s'habitue. Dans une longue côte, le chauffeur double deux voitures et poursuit pour doubler un bus, mais en arrivant presque en haut de la route, un virage lui masque complètement la visibilité. Je regarde

Inès, perplexe. Tout à coup, un camion débouche du virage en klaxonnant. Notre chauffeur freine fermement, puis se rabat derrière le bus, comme si rien ne s'était passé, puis il nous explique que la priorité est en fonction de la taille du véhicule en riant. Pour le coup, il n'y avait aucun problème de priorité, mais un dépassement dangereux au possible. Nous profitons du paysage, pas très varié à vrai dire, mais cela fait passer le temps. Nous avions établi une liste de ce que nous voulions visiter, sachant pertinemment que nous n'aurions sans doute pas le temps de tout faire. Nous commençons donc par la côte « Seaside promenade » avec une halte devant la statue de Gandhi, puis juste à côté, on visite le mémorial français de la guerre. J'observe Inès pour chaque lieu qu'on visite et il me semble bien qu'elle prend autant de plaisir que moi à découvrir ces lieux magnifiques, ça me fait tellement plaisir qu'on s'entende aussi bien. Je n'aurais jamais pu rêver mieux lorsque j'ai jeté cette bouteille à la mer...

Nous visitons ensuite le « Arulmigu Manakula Vinayagar Temple ». L'endroit est magique et très impressionnant. Dehors, un éléphant bénit les touristes, en posant sa trompe sur leur tête, après qu'ils lui aient donné un billet qu'il récupère avec sa trompe et le donne à son dresseur une fois la bénédiction terminée. C'est très intrigant, et les gens ne sont pas très rassurés.

On échange à plusieurs reprises des regards avec Marion, je n'ai qu'une crainte c'est qu'elle me propose qu'on le fasse aussi, je ne suis pas sûre de pouvoir le faire, ça doit être si impressionnant. Par chance, elle n'a pas l'air plus attirée que ça, tant mieux.

À l'intérieur, nous assistons à un rituel, des purifications sans doute, dommage de ne pas comprendre ce qu'il se passe, mais on sent bien le sacré partout omniprésent. Nous allons ensuite voir le « Sri Aurobindo Ashram » puis le « Bharati Park », deux lieux vraiment magnifiques. Comme nous comptons faire une visite éclair à Auroville sur le retour, nous écourtons notre visite à Pondichéry. Auroville est grandiose et stupéfiante à la fois, mais un, « je ne sais quoi de commercial peut-être » nous laisse un peu sur une note décevante.

Nous avions imaginé avec Marion qu'Auroville serait un passage obligatoire et des plus intéressant. Hélas, j'ai été déçue de cette visite, ou plutôt, ma déception vient du fait que je m'étais représentée ça tellement différemment, que la réalité confrontée à mes phantasmes n'a pas tenu la comparaison. À voir les réactions de Marion et ses commentaires, je suis persuadée qu'elle aussi est très déçue. C'est en grande partie pour cela qu'on a décidé de rentrer sans trop tarder.

Puis c'est le voyage retour. Finalement, on s'habitue à la conduite locale, enfin la plupart du temps. Le lendemain, pleines de courage, on brave le danger et on se lance dans une visite de la ville en rickshaw. C'est pire qu'en voiture, on se sent presque sur la route et il n'y a pas beaucoup de tôles pour nous protéger en cas d'accident. Mais, bizarrement, il n'y a même pas le moindre petit accro. Finalement, ces chauffeurs sont de vrais professionnels.

Je n'aurais jamais pu imaginer que ma bouteille à la mer tombe dans d'aussi bonnes mains, Inès est vraiment une personne si agréable à vivre, si gentille et si douce. On s'entend à merveille, on se complète souvent à la perfection. Nous sommes vraiment très bien ensemble. Il faut dire que la solitude commençait à me peser énormément et que cette fille est tombée au meilleur moment de ma vie. On pense souvent la même chose au même moment, on a semble-t-il aussi les mêmes goûts sur plein de sujets divers et variés.

Au bout d'une semaine, nous en avions un peu assez de l'Inde, la nourriture ne nous convenait pas bien, ni à l'une ni à l'autre. J'ai envisagé un temps de poursuivre le voyage par le Canada, mais la durée du voyage, avec une ou deux escales, est très dissuasif. Finalement, nous décidons de rentrer en France, faire une pause, puis nous verrons bien pour la suite. On va faire une halte à Paris quelques jours, avant de rentrer chez moi, à Nice.

23- *Paris*

J'ai réservé l'hôtel Trianon gare de Lyon, dans le 12e arrondissement, j'aimerais découvrir la coulée verte, et l'hôtel est idéalement situé pour cela. Nous avons donc effectué ce parcours bucolique en plein Paris, c'est vraiment déroutant et nous passons un très agréable moment ensemble comme à chaque fois. Le lendemain, nous allons à la Butte Montmartre. Passage incontournable, nous visitons la basilique du sacré-cœur, et l'église St Pierre de Montmartre, deuxième plus vieille église de Paris, construite en 1134. Puis c'est l'indémodable place du tertre, on se fait même prendre en portrait par un artiste, Inès assise sur mes genoux. Le résultat est plutôt pas mal, je dois dire. On inverse les rôles, je prends place sur les genoux d'Inès et le peintre nous refait un autre portrait, comme cela, nous aurons chacune un souvenir. Remontant la rue des saules, on arrive au Clos Montmartre où l'on découvre 2000 m2 de vignes en plein Paris, des vignes qui ont plus de 1000 ans, et c'est vraiment surprenant. Puis on visite le musée ainsi que l'espace Dali

On vient de passer encore un très agréable moment, je me sens tellement bien auprès de Marion. J'ai des frissons de partout à chaque fois qu'on se touche. Je

suis devenue hyper sensible à sa peau, à ses câlins. Je ressens des choses tellement fortes, je sens que je suis complètement envoûtée par elle, et j'ai parfois l'impression qu'elle aussi n'est pas insensible à tout ça, mais je ne veux surtout pas brusquer les choses. Si seulement j'avais mal interprété et qu'un froid glacial tombe sur nous, je ne le supporterais pas. Pas après ce fol espoir que notre rencontre suscite en moi. Je fais de mon mieux pour garder toutes ces pulsions au fond de moi, même si cela me ronge.

Lorsque nous rentrons à l'hôtel, j'en profite pour appeler Lucie pour savoir si mon appartement est libre. Elle est très contente d'avoir de mes nouvelles et de savoir que je suis de retour, mais elle m'apprend, hélas, que mon appartement sera occupé jusqu'à la fin du mois. Je l'informe donc que je passerai la quinzaine de jours à l'hôtel, ce n'est pas bien grave, même si j'aurais préféré être chez moi. Je vais prévenir Inès de ce petit contre-temps.

_ Je viens d'appeler mon amie Lucie qui s'occupe de mon appartement, hélas il est encore occupé jusqu'à la fin du mois, alors si tu veux on peut aller à l'hôtel en attendant, c'est comme si le voyage se poursuivait mais à Nice !

Je n'en reviens pas. Elle me propose de continuer comme si nous étions encore en voyage. Elle m'invite carrément à passer 15 jours à l'hôtel avec elle parce que son appartement est occupé. Je ne m'attendais pas à ça, je suis trop contente. Du coup je vais lui proposer plutôt de venir à la maison en premier, en attendant.

_ Ha mince, c'est pas cool, mais tu ne vas quand même pas passer quinze jours à l'hôtel à côté de chez toi, et si on allait chez moi en attendant ?

_ Tu m'as dit que tu avais un petit appartement, je ne voudrais pas que cela te dérange.

_ Certes, je ne vis pas au château, mais on y vit très bien, même à deux, et puis ce n'est que quinze jours.

_ Ok, si tu es d'accord, ça me va. Comme ça, je découvre ton lieu de vie et ton environnement, puis après, ce sera à toi de découvrir le mien.

_ Parfait, dit Inès.

24- *Toulon – Le Mourillon*

Le lendemain, nous voilà au Mourillon, joli quartier toulonnais que je ne connaissais pas. Le quartier est sympathique et animé, il y a des bars et restaurants à découvrir, pour moi, et la plage aménagée est magnifique. Elle n'est pas très loin de son appartement, et même s'il faut monter une rue sur quelques centaines de mètres, c'est bien agréable d'aller se prendre un bain, aux heures calmes, et de rentrer chez soi après cela. On parle beaucoup avec Inès, on se dévoile de plus en plus et j'adore apprendre des choses sur sa vie. Elle n'a pas eu une vie facile apparemment, mais elle a cette force de caractère qui lui a permis de tenir bon et de s'en sortir toute seule, même si ses parents ont été d'une grande aide pour l'acquisition de son appartement, elle a quand même su gérer sa vie toute seule. Dommage que son frère et sa sœur ne soient pas assez proches d'elle, cela n'a pas dû être facile tous les jours pour elle. Les histoires de famille ne sont jamais simples, et de l'extérieur on ne peut que s'en faire une vague idée, seules les personnes impliquées savent vraiment de quoi il s'agit. Un matin, alors que je lisais un des livres qu'Inès m'avait prêté, je suis dérangée par des miaulements rauques. Inès était dans la salle d'eau en train de se préparer. Je me risque à m'approcher et à le caresser, il n'a pas l'air trop craintif et je commence peu à peu à gagner sa confiance. Soudain, Inès arrive sur le balcon et le chat se précipite sur elle, elle pleure de tout son être, sans que je comprenne ce qu'il se passe devant moi.

_ Inès, ça va ?

_ C'est mon chat, Mickey, mon dieu, il est maigrichon et il a dû se battre. Puis s'adressant au chat : « mon biquet, tu as dû en voir des vertes et des pas mûres, depuis tout ce temps ! »

_ Tu ne m'avais pas dit que toi aussi tu avais un chat, ça nous fait encore un point en commun. Mais tu n'as pas pu le donner à quelqu'un avant de partir, il a vécu dehors depuis tout ce temps ?

Inès ne répond pas, elle me regarde, les yeux rougis par les larmes, mais visiblement aucun mot ne sort de sa bouche. Je continue à la regarder, d'un air interrogateur, ne comprenant pas pourquoi elle ne dit plus rien. Elle se mouche un bon coup, essuie ses yeux puis, me donne Mickey dans les bras.

_ Je vais lui faire un truc à manger, le pauvre, dieu seul sait depuis quand il n'a pas eu à manger.

_ Il a quel âge ?

_ Il a tout juste 4 ans. Me répond Inès. Je l'ai trouvé sur le bord de la route en revenant des champs, il avait dû être heurté par une voiture, il était dans un piteux état, mais il n'était pas mort. Je l'ai donc emmené chez le vétérinaire, et il lui a sauvé la vie. Depuis, il ne m'a pas quitté, même s'il est vadrouilleur et qu'il découche de temps à autre.

_ Et quand tu as décidé de partir à ma rencontre il n'était pas rentré c'est ça ?

_ Oui, c'est ça, quand j'ai décidé de partir, il n'était pas rentré à la maison.

_ Et tu es partie quand même ? Moi, je n'aurais pas pu, j'ai laissé mon chat à ma mère avant de partir.

_ C'est plus compliqué que cela, mais si tu veux bien, je ne me sens pas de t'en parler maintenant.

_ Ok, pas de problème, sombre et mystérieuse Inès !

Je sentais bien que quelque chose n'allait pas bien, cela venait de surgir un peu comme le chat, de nulle part. Même si je brûlais d'envie d'en savoir plus, pour essayer de l'aider, de la consoler, la guider, ou je ne sais pas, mais faire quelque chose pour elle, parce que je ne veux pas la voir si triste, comme maintenant. Mickey, visiblement, n'avait pas mangé depuis un moment effectivement, il se jeta sur sa gamelle comme un fauve et mangea à une vitesse incroyable. Après cela il alla boire avec autant d'entrain, puis, une fois rassasié, il monta sur les genoux d'Inès pour une séance de câlins, très appréciés du chat comme de sa maîtresse.

_ Dis, ça ne te dérange pas si on oublie ce qu'on avait prévu de faire aujourd'hui et qu'on reste ici ? Me demande Inès, soudain toujours en plein câlin avec Mickey.

_ Non, du tout, ne t'inquiète pas, j'ai un bon polar dans les mains, une fille extra à mes côtés et des ronrons de chat comme berceuse, que demander de plus ? Lui répondis-je.

Hormis pour le repas, très rapide, nous restons toute la journée à nous prélasser, Inès avec son chat, et moi avec mon livre. J'essaye tant bien que mal de me concentrer sur mon livre, mais cette retenue d'Inès sur quelque chose qu'elle me cache visiblement me perturbe. Je crois pouvoir dire que rien ne pourrait me faire changer d'avis sur elle aujourd'hui. J'ai comme l'impression que l'on se connaît depuis toujours, et qu'on est faites pour être ensemble. Je ne me l'explique pas, et je n'en ai pas l'intention, c'est comme ça, point. Je respecte néanmoins son choix de ne pas en parler, mais j'aimerais tellement qu'elle se sente rassurée et qu'elle se confie à moi. Comme je sais, qu'elle comme moi, souvent nous captons les pensées de l'autre, je la regarde de temps en temps, en espérant qu'elle captera ce que j'en pense et qu'elle se lancera enfin. Je ressens comme de la peur dans ses yeux, et de ne pas pouvoir faire ou dire quelque chose, me consume de l'intérieur. Je pose le livre et vais aux toilettes, j'ai la ferme intention de me coller à elle au retour et de la prendre dans mes bras, j'en ai besoin, je le ressens si fortement. De retour, je m'installe contre elle et je la prends dans mes bras. Je lui caresse doucement ses cheveux et je sens qu'elle a un poids énorme sur les épaules, j'espère qu'elle va profiter de mon aide pour se soulager. Sa respiration se fait plus lente, visiblement mes caresses l'apaisent un peu.

_ Je ne veux surtout rien brusquer, et je respecte tes choix, mais je veux juste que tu saches que je suis là pour toi, maintenant et toujours. Je ne sais pas ce que tu as sur le cœur, mais je suis prête à l'entendre, sans jugement, d'une écoute profonde. Disponible à tes demandes, fussent-elles de ne rien dire ou au contraire de te donner mon avis, mes ressentis.

_ Je sais tout ça Marion, et je t'adore pour cela. Je te remercie pour ta confiance, j'aimerais te raconter ce que j'ai sur le cœur, afin que tu comprennes mieux ces parts d'ombres qui persistent encore chez moi, mais tu es tellement importante à mes yeux, que je ne supporterais pas de te perdre. Vraiment.

_ Inès, je ne sais pas de quoi il s'agit, mais mon cœur me dit que rien de ce que tu pourras me dire ne changera ce que je ressens pour toi, vraiment.

Cela, je pense, a réussi à apaiser Inès. J'ai mis mon cœur à nu sur ce coup-là, chose que je n'aurais jamais faite avant, par crainte sans doute ou pour me protéger, mais là, même si je ne sais pas encore décrire mes sentiments envers elle, j'ai ouvert mon cœur et j'ai mis mes sentiments sur la table. Et j'en suis heureuse et fière. Inès pose Mickey par terre, puis blottit son dos contre mon ventre. Puis, elle prend mes mains et les pose, croisées, sur son ventre. Je peux ressentir son ventre se gonfler et se vider à chaque respiration, je ressens ses émotions du bout de chacun de mes dix doigts. Elle pose sa joue contre la mienne, et sa chaleur m'envahit soudain, j'ai des picotements de partout, je me sens « toute chose », comme on dit. Ainsi positionnée, Inès commence son récit.

_ Ça commence par une rencontre dans un bar. Un soir, j'avais envie de faire un tour, de me changer les idées. Je remarque un beau jeune homme au comptoir, visiblement seul. On échange quelques regards furtifs, puis je me décide à aller au comptoir pour me commander un autre Perrier, avec rondelle de citron. Tout en attendant que le serveur m'aperçoive et vienne à moi, je tourne la tête et nos regards, à quelques centimètres se croisent. Il a des yeux verts magnifiques, comme un océan, dans lequel on a envie de se jeter. Puis il me demande gentiment s'il peut m'inviter, comme visiblement nous sommes seuls ce soir, me fait-il remarquer. Jamais je n'ai fait un truc pareil, jamais je n'aurais accepté cela, mais ce soir-là, peut-être un peu plus déprimée que d'ordinaire, je ne sais pas pourquoi je me laisse faire et lui réponds gentiment que oui, il peut. Il commande deux Mojitos, je ne savais même pas ce que c'était, je n'en avais jamais entendu parler, et encore moins bu. Puis il me dit de retourner à ma table et qu'il me l'apportera. Je m'installe et lorsqu'il arrive, il me tend mon verre. On trinque, je trouve cela très fort, je ne suis pas habituée à l'alcool, mais je ne prends que des petites gorgées, et petit à petit, j'augmente insensiblement les doses, mes lèvres, ma bouche s'habituent. On discute un bon moment, je me sens partir un peu, mais je mets ça sur le compte de l'alcool et du fait que je n'ai pas l'habitude. Plus je regarde ses yeux verts qui m'hypnotisent, plus je me dis qu'exceptionnellement, ce soir, je suis prête à me laisser aimer par cet inconnu aux yeux de braise. Au bout d'un moment, il me dit, on va chez moi ? Et je me surprends à lui dire oui. Lorsque l'on arrive dans sa voiture, il m'embrasse tendrement avant de m'ouvrir galamment la portière, et je dois dire que j'apprécie ce moment.

J'étais très attentive à son récit, je sentais à son rythme cardiaque et à son débit, que cette histoire était très douloureuse pour elle et je m'imaginais le pire tout en espérant que cela ne soit pas trop dur quand même.

_ Il démarre et on roule un moment, je ne me souviens même plus par quel chemin nous sommes passés, au bout d'un moment, il se gare dans une espèce de terrain vague, non loin d'une barre d'immeuble. Puis il prend son téléphone, s'excuse en me disant qu'il envoie un texto pour pas que sa maman s'inquiète. Je trouve ça mignon. Puis les choses sérieuses commencent, il m'embrasse, me pelote, m'enlève mon pull, ouvre mon chemisier et défait mon soutien-gorge à la vitesse de l'éclair. Je reste un peu surprise de ce soudain empressement, et ose lui demander pourquoi on ne va pas plutôt chez lui comme prévu. Il me dit qu'on ira après, mais que là, il a trop envie de moi et qu'il ne peut plus attendre. J'ai envie de protester, mais ne le fais pas. Puis il bascule mon siège, m'enlève mon pantalon, arrache ma culotte et me pénètre d'un coup sec et violent. Je reste encore stupéfaite, car je m'étais imaginé une nuit tendre et romantique, et que le personnage qui faisait ses allers et retours en moi, ne correspondait plus trop à celui de mes rêves, dans ce bar tout à l'heure. Au bout d'un moment, il éjacule et je me dis que ce n'était pas du tout le plan que j'avais en tête, que ça n'avait pas été la soirée de rêve imaginée, mais bon, j'allais rentrer chez moi et fin de l'aventure. Visiblement, ce n'était fini que dans ma tête. Il continue à me déshabiller, complètement, je commence à ressentir quelques frissons, toute nue sur cette banquette de voiture. Il sort de la voiture, fait le tour, remonte mon siège, me prend dans ses bras, me sort et m'allonge sur la banquette arrière, à plat ventre. Je n'étais plus très chaude pour un deuxième round, mais je ne pouvais pas m'exprimer, ni me relever. Je tourne juste un peu la tête pour voir un autre gars en train de se masturber et de me regarder, puis il me pénètre violemment par-derrière. J'ai l'impression qu'il me déchire complètement, j'ai envie d'hurler, de frapper, d'esquiver, mais rien n'y fait. Je subis. Puis c'est au tour d'un troisième qui lui préfère me mettre sur le dos. Je vois son regard de pervers, il m'embrasse et je sens son haleine putride, il pue l'alcool et la transpiration. Je vais faire court, parce que la suite n'a rien d'original, ce soir-là, ils usèrent de mon corps à plusieurs reprises chacun. Je ne saurais plus dire combien, ni combien de temps cela a duré. Mais je suis sûre que cela a été très long. Comme tu peux l'imaginer, je venais de goûter pour la première fois de ma vie à un Mojito, mais surtout à la drogue du violeur. C'est redoutable. Quand il jugea que tous en avaient bien profité, il me rhabilla grossièrement, me laissa sur la banquette arrière et me ramena au parking du bar. Par chance, ce n'était pas loin de la maison. Dans l'état où j'étais, je n'ose pas imaginer ce qu'aurait pu être ma fin de nuit, s'il m'avait laissée là-bas à moitié nue. Une fois seule sur le parking, je rentre à la maison, en espérant ne rencontrer personne, puis je passe une bonne heure sous la douche, très chaude au début, puis de plus en plus froide pour m'enlever les effets de cette saloperie que j'avais bue.

Inès ne le voit pas, mais cela fait un moment que des tonnes de larmes coulent de mes yeux, mon col de chemisier est trempé. J'ai mal pour elle, je n'ose pas imaginer comment j'aurais vécu cela à sa place. Je suis incapable d'ouvrir la bouche. J'étais à mille lieues d'imaginer une histoire pareille. Elle serre mes mains contre son ventre très fort et continue son récit.

_ Une fois que j'ai repris un peu de volonté, car hélas, la lucidité ne m'a jamais fait défaut, je prends une décision irrémédiable. Je dois en finir. Je ne pourrai plus jamais vivre avec cela. J'avais vu un chantier non loin de la maison, aussi, je décide d'aller chercher deux parpaings et de les emmener près de la digue à St Mandrier. Ma maman est originaire de ce charmant petit village, elle y a connu mon père. Il était militaire, instructeur à la base militaire. Ils se sont mariés et y vécurent un bon bout de temps. Puis à la retraite, ils sont partis à Cuers. Ce n'est pas très loin, mais surtout, les terrains étaient plus abordables, et ils ont fait construire leur maison. Celle où je suis née. Maman m'emmenait très souvent à St Mandrier, elle disait que c'était ses meilleures années. J'ai tout de suite pensé à cette digue à côté de la plage de la vieille. C'est assez retiré et puis à l'heure décisive, il fera presque nuit, personne ne ferait attention à moi. J'ai tourné en rond dans l'appartement, comme un zombi, toute la journée, appelant désespérément Mickey pour le donner à quelqu'un, mais il avait décidé de ne pas rentrer de la journée. Quand l'heure de partir arriva, j'avais laissé de quoi manger pour deux jours à Mickey, j'avais aussi laissé le balcon ouvert, et je claquai la porte sans la fermer à clef, au cas où quelqu'un entendrait miauler, il pourrait essayer et ouvrir la porte sans problème. Puis je pris la route pour St Mandrier. Une fois près de la digue, j'attache les deux parpaings ensemble, puis fais un nœud à ma cheville et je les prends dans les bras pour me diriger vers le bout de la jetée. J'avais décidé, de manière très ludique d'en finir à 21 h 00, vu que c'était mon heure de naissance, pour favoriser les calculs là-haut.

Je ne peux m'empêcher de pouffer, même dans un moment aussi tragique, elle se permet encore un trait d'humour, je sais pourquoi cette fille me plaît tant, on est vraiment comme des sœurs jumelles toutes les deux ou un truc du genre.
_ Je saute et au bout d'un moment, dans un tourbillon de bulles, je refais surface à ma plus grande surprise. Je ne sens plus que la corde à ma cheville et plus aucun poids au bout. J'aurais dû prendre des cours de nœuds marins. À ce moment-là, je n'y voyais plus très bien et surtout, je n'avais pas envisagé cette option. Ne sachant pas comment remonter sur la digue, je nage tout autour pour voir s'il n'y avait pas un escalier de l'autre côté, et c'est ce que j'ai cru apercevoir. Tout en nageant vers l'escalier, ma main heurte une bouteille, avec semble-t-il un papier dedans. Ma première réaction est de me dire, chic, une carte du trésor, c'est ma chance, il faut que ça tombe sur moi. Je remonte sur la digue et rentre à la maison. Bien évidemment, je ne comptais pas rééditer le saut de l'ange avec parpaings récalcitrants, je décidai d'en finir aux cachets, même si cela me prendrait un peu plus de temps pour m'en procurer. Pendant tout le voyage retour, je ne cessai de penser à cette bouteille et au mystère qu'elle contenait. Après une bonne douche chaude, je me lançai dans l'exercice périlleux d'ouverture du bouchon en liège qui ne

voulait pas se laisser faire. Alors j'employai les grands moyens, j'ai tapé le goulot de la bouteille pour la casser. Puis j'ai lu et relu ta lettre des centaines de fois, et à chaque fois que je finissais, je recommençais, un peu comme si à force, tu allais apparaître dans mon salon. Puis, morte de fatigue, je me suis endormie. Comme je suis persuadée que le hasard n'existe pas, toute la nuit, j'ai cherché un sens à tout ça. Pour ce qu'il m'était arrivé, je n'avais rien trouvé, peut-être plus tard ? Mais pour la bouteille, je n'arrêtais pas de me dire que cela avait un sens. Que peut-être, il ne fallait pas que ma vie s'arrête comme ça. Mais pourquoi ? Mais ce que je savais en revanche, c'est que j'avais eu comme une attirance envers toi, sans doute parce que tu étais devenue ma bouée de sauvetage, et j'ai pensé à un syndrome du naufragé et de son sauveteur, peut-être. Une chose était pourtant bien sûre dans ma tête, ce n'était pas anodin, et je devais à tout prix partir à ta recherche. Tu comprends maintenant l'importance que tu as à mes yeux ? Et puis cette course contre la montre m'avait redonné un sens, un but, qui me permettait d'occulter ma sombre histoire. Alors je t'ai imaginé, belle, mais j'étais encore en dessous de la réalité. Si je ne t'en ai pas parlé avant, c'est parce que j'avais peur que tes réactions envers moi soient totalement faussées par une sorte d'empathie envers ce que j'avais vécu. Je voulais être sûre de tes sentiments envers moi, ceux-ci étant si importants pour moi, comme tu peux te l'imaginer, maintenant.

J'étais à mille lieux d'imaginer que la fille qui a débarqué dans ma vie au Portugal, venait tout juste de se sortir d'une tentative de suicide ratée, et encore moins des raisons qui l'avaient poussée à cet ultime geste. J'étais bouleversée et ne pouvais pas dire un mot, je me contentais juste de lui caresser les cheveux et de lui déposer de temps à autre des bisous sur ses épaules. Elle était calme et détendue, le silence qui baignait cette pièce d'un coup, était doux et apaisant, un parfum de plénitude emplissait ce salon où nous nous trouvions, allongées l'une sur l'autre, paisible, zen. Inès était si calme et détendue, et s'était tellement vidée intérieurement de ce poids, qu'elle sombrait doucement dans un petit sommeil réparateur. Nous restions comme ça pendant quelques heures. J'essayais de m'imaginer ce qu'elle avait vécu et je ne sais pas si j'étais sous influence, mais je pense qu'à sa place, j'aurais agi de la sorte moi aussi. J'aurais sans doute privilégié les cachets à la noyade, mais en cas d'échec, et trouvant la bouteille (du coup, avec les cachets, cela aurait été plus difficile), je serais partie moi aussi à la recherche de cette bouée de sauvetage miraculeusement tombée entre mes mains. Ne pouvant plus tenir dans cette position, j'essaye de changer d'appui, le plus délicatement possible, mais cela réveille Inès. Elle se redresse et pivote pour se retrouver en position assise, à côté de moi. J'en profite pour me dégourdir aussi, et la regarde avec admiration. Ce petit bout de femme est vraiment quelqu'un d'extraordinaire, et je suis tellement contente qu'elle soit entrée dans ma vie. Emportée par mes sentiments, je la prends dans mes bras pour lui donner un câlin. On reste comme ça serrées l'une contre l'autre, visiblement cela me fait un bien fou, je ne peux pas expliquer pourquoi, mais l'accélération soudaine de mes battements de cœur me confirme que ce que je ressens n'est pas psychosomatique.

25- *Nice*

L'appartement étant enfin libre, je décide d'y aller avec Inès pour lui montrer mon lieu de vie et poursuivre, un peu, « nos vacances improvisées ». Au lieu de prendre le train, on décide de s'inscrire sur un site de covoiturage. On tombe sur un jeune couple qui demande un prix raisonnable. On réserve donc nos places. Ils passeront nous prendre à la gare de Toulon. On est prêtes à la gare, un bon quart d'heure avant, afin de ne pas les retarder ou les faire attendre. On guette toutes les deux, une Peugeot 3008 blanche. Dix minutes après, ils arrivent et se garent près des marches. Le mari descend pour nous ouvrir le coffre, nous posons nos sacs à l'intérieur et prenons place à l'arrière. Les présentations se font rapidement, lui s'appelle Alexandre et son épouse Anne. La voiture ne doit pas être bien vieille, elle sent encore le neuf. Elle est « blanc nacré », cela lui donne quelques reflets bleutés au soleil pas déplaisants, je garde l'idée pour une prochaine acquisition. Ils sont du genre causant, ils nous racontent un peu leur vie, leur rencontre, leur conte de fées qui dure depuis le premier jour, cela fait chaud au cœur, d'entendre ce couple si frais et rayonnant de bonheur. Ils espèrent avoir un enfant bientôt, ils

ont mis la machine en route, reste plus qu'à attendre la fabrication. C'est tout ce qu'on peut leur souhaiter, un beau bébé pour venir consolider cette merveilleuse famille en construction. Le voyage se passe super bien, les discussions vont bon train et à un moment Alexandre marmonne à sa femme : « Propose-leur le film ». Anne lui répond qu'il a raison. Elle se tourne vers nous et nous demande :
_ Vous avez vu le film « Imagine, me and You » ?
_ Non, on ne connaît pas. On répond presqu'en cœur toutes les deux.
Sur ce, elle nous passe un DVD. Elle nous explique qu'ils l'ont en double et qu'elle l'avait proposé à sa belle-sœur, mais celle-ci l'avait déjà, alors ils sont ravis de nous l'offrir. C'est cool le covoiturage, on tombe sur des gens extra, et en plus, on repart avec un DVD. Elle nous assure que c'est un super beau film, elle ne nous en dit pas plus, il faut qu'on le regarde. Le reste du voyage continue, comme il avait commencé. Arrivé à Nice, comme promis par Alexandre, il nous dépose devant chez moi. On les remercie comme il se doit, on échange nos coordonnées, qui sait, seules les montagnes ne se rencontrent jamais parait-il ! Je fais visiter rapidement l'appartement à Inès. Elle le trouve génial, plus grand que le sien bien sûr et l'immense terrasse face à la mer, n'enlève rien au charme qui opère

sur elle. Petit à petit, on prend possession des lieux, on s'est commandé un repas chinois qui nous est livré à domicile, puis chacune notre tour, on passe à la douche et on se met en pyjama pour ce qui devrait être une super soirée télé, enfin DVD. Je lance le film lorsque nous sommes, toutes les deux, bien calées dans le fauteuil, comme des princesses. C'est l'histoire d'une jeune fille, Rachel.

Elle se marie avec son fiancé, Hector, et lors de la cérémonie du mariage à l'église, Rachel croise le regard d'une jeune fille, Luce qui est la fleuriste engagée pour l'occasion. Luce tombe littéralement folle amoureuse à la suite de cet échange de regard, un coup de foudre magistral, Rachel de son côté semble troublée par ce qu'il vient de se passer. Lors du banquet, elles se retrouvent près du bol à cocktail et échangent quelques mots. Puis la vie suit son cours, Luce s'interdit de faire quoi que ce soit qui pourrait interférer avec le mariage de Rachel, mais cette dernière, petit à petit sent monter en elle une gêne, un trouble qu'elle n'arrive pas à nommer ni même à canaliser. En fait, elle tombe elle aussi amoureuse de Luce, mais ne s'autorisant pas une seconde donner libre champ à ces idées folles, elle lutte de toutes ses forces pour éloigner Luce de sa vie. Mais le destin a choisi une autre issue à cette idylle naissante, bien que Rachel crève le cœur d'Hector, qui était son meilleur ami depuis l'enfance, les deux femmes laissent libre cours à leur désir et finissent par se retrouver dans les bras l'une de l'autre. Je pense que personne ne peut rester sans émotion en regardant ce film qui est très romantique et donne envie de connaître un tel amour, mais pour moi, il agit en plus comme le passage au révélateur en photographie, je prends conscience que cette histoire ressemble étrangement à ce qu'il nous arrive avec Inès. Je n'avais pas envisagé cela sous cet angle jusque-là, mais je sens maintenant, au regard de ce film que je ressens plus que de l'amitié pour elle, j'ai des sentiments et des pulsions que je n'arrivais pas à comprendre, mais je sais maintenant que j'ai une forte attirance physique envers elle. Je ne suis pas sûre à 100 %, mais je pense que c'est réciproque. Je dis cela par rapport à nos échanges de regard pendant le film, mais même au quotidien, je ressens parfois son trouble si profondément, comme lorsqu'elle m'a vu nue pour la première fois à l'hôtel, elle était devenue toute rouge et n'osait plus me regarder et puis lors de nos nombreux câlins, quand j'y repense, elle mettait une telle intensité que cela ne pouvait pas être simplement de la joie ou de l'amitié. Je m'approche d'Inès, j'ai besoin d'un câlin, de la sentir contre moi et de la serrer très fort. Au moment de mettre ma tête sur le côté, elle m'embrasse sensuellement et les frissons me parcourent toute la colonne vertébrale, de la tête aux pieds et ça remonte aussi vite. J'ai l'impression d'être en apesanteur, je ne sens plus de poids sur mes épaules, je plane. Nous sommes restées un bon moment à nous câliner, à nous caresser, et nous étions vraiment bien. Nous sommes allées nous coucher, nous avons reparlé du film, nous avons rigolé et pleuré aussi, puis nous avons remercié intérieurement, Alexandre et Anne de nous avoir donné ce DVD, ils ne pourront jamais savoir ce que celui-ci a déclenché en nous. Nous avons passé une nuit de tendresse, de folie, avec une multitude de caresses et de baisers jusqu'au petit matin. C'était notre jour 1.

26- *Retrouvailles. [Inès]*

Qui m'aurait dit, il y a quelque temps de ça, sur cette digue avec mes parpaings bien en main, que non seulement, je n'allais pas mourir, mais que j'allais vivre, quelques jours plus tard, une incroyable histoire d'amour comme je n'imaginais même pas que ça puisse exister, et avec une fille en plus de ça !
Je n'aurais jamais pu imaginer un truc pareil. Je suis éperdument amoureuse, je me sens bien, j'ai envie que le temps s'arrête à tout jamais et de pouvoir rester blottie dans ses bras, à se câliner. Ce soir-là, nous avons passé la nuit à nous caresser, nous embrasser, nous câliner jusqu'à ce que la fatigue nous emporte au pays des rêves merveilleux.
À partir de ce jour-là, nous n'avons pas eu de cesse de nous dévoiler chacune à l'autre de plus en plus, comme s'il nous fallait rattraper le temps perdu. Les jours étaient tous plus merveilleux et doux les uns que les autres. Nous restons discrètes lors de nos sorties en ville, les mœurs ont bien évolué de nos jours, mais il y a encore tellement de détraqués sur cette terre, que nous ne voudrions pas risquer le moindre incident et

garder notre jardin secret que pour nous. Les rares fois où nous nous laissons aller en public, nous regardons de tous les côtés pendant un bon moment, comme des psychopathes afin d'être sûres que la voie est libre et qu'il ne nous arrivera rien. Marion avait récupéré son chat chez sa mère et l'entente avec Mickey avait été immédiate et complète. Ils se faisaient presque autant de câlins que nous deux, ils étaient drôles tous les deux dans le même panier à se tenir chaud. Encore un signe, s'il en avait fallu d'autres, que nous deux, c'était une évidence. Marion s'était mise en recherche pour un travail, et j'avais recontacté Pierrette pour reprendre le travail, cette dernière toute contente d'avoir de mes nouvelles. La reprise fut très dure, non pas le travail en lui-même, je suis quelqu'un qui ne rechigne jamais à la tâche, c'est bien pour cela que ma patronne m'a à la bonne, mais c'était un crève-cœur de laisser Marion. Je ne faisais pas plus de 4 jours de travail par semaine, je me préservais les mercredis, pour couper la semaine, sinon cela aurait été insupportable, ainsi que les week-ends. Il y a de grandes chances que lorsque Marion trouvera un emploi, elle ne travaillera pas les week-ends. Malheureusement, pour moi, Marion trouva un boulot dans un groupe industriel assez rapidement et ne voulant plus rentrer les mercredis pour me retrouver seule chez elle, j'ai recommencé à travailler sur cinq jours. Financièrement, cela n'était pas négligeable, un aller-retour de moins et un jour de paye en plus, mais cela devenait de plus en plus insupportable de devoir se contenter que des deux petits jours qu'il nous restait. Un peu à cause de ce manque, mais aussi à cause de l'ambiance qui lui rappelait trop son ancien travail, Marion ne donna pas suite après la période d'essai et elle était venue me rejoindre chez moi à Toulon. Elle s'était mise à la recherche d'un travail sur place. Elle décrocha un poste de commerciale aux chantiers navals de La Seyne sur mer. La vie était redevenue un long fleuve tranquille, et nous coulions des jours paisibles et heureux. Mais mon appartement était vraiment trop petit pour deux adultes et deux chats. Ce samedi-là, on regardait des annonces sur le quartier du Mourillon, car le coin nous plaisait vraiment et nous ne voulions pas changer nos repères. Finalement, on avait trouvé trois appartements dans notre budget et nos critères. Aussitôt, on s'était mis en tête de vendre nos deux appartements respectifs et d'investir à moitié chacune dans un des trois choix retenus. On avait classé les trois appartements à visiter, et nous avions trouvé le même classement sans se concerter. Il y en avait un qu'on écartait presque d'office à cause d'un manque de luminosité. Un qui nous plaisait beaucoup, et le même coup de cœur pour le premier de notre liste. Nous décidions donc de les visiter dans l'ordre inverse de nos préférences. Le premier, finalement, n'était pas si sombre que sur les photos, les gens visiblement, n'avait pas su le mettre en valeur, et fut une belle surprise. Le deuxième, qui pourtant nous plaisait beaucoup, s'avérait un choix impossible. Dès l'arrivée sur le parking, la fréquentation par de nombreux gosses bruyants et visiblement sans autorité parentale, ou disons livrés à eux-mêmes était rédhibitoire. Puis la disposition des pièces, la petitesse de la chambre, bref, ce fut un choix à oublier très vite. Durant le trajet vers le troisième, nous étions partagées entre l'excitation de découvrir notre coup de cœur commun et la peur d'avoir une déception comme pour le second, en sachant que ce coup-ci elle serait proportionnellement plus forte. À peine, nous avions franchi la porte d'entrée, que nous nous sentîmes envahies par une sensation de plénitude, de joie et de sérénité. Nous avions un sourire radieux et chaque fois que nos regards se croisaient, cela avait pour effet de décupler le bonheur immense qui nous habitait. C'était le plus cher des trois, mais franchement, la différence de prix n'était rien comparée au bonheur que l'on pouvait espérer en vivant dans ce sublime appartement. Nous avions un garage souterrain, un accès codé au lotissement, au hall d'entrée ainsi qu'au garage. Le jardin était magnifiquement entretenu, un gardien résidait là en permanence et nous avions toutes les commodités à proximité et à pied en plus. Aussitôt, de retour à l'agence, on s'empressait de faire une offre et nous recevions une réponse favorable à peine deux jours après. Tout se précipita, la mise en vente de nos appartements et les préparatifs pour les déménagements. Nous avions déjà fait l'inventaire de ce que nous garderions, chacune et de ce que l'on avait en double ou pas en accord avec notre future décoration et que nous pourrions mettre en vente. Nous avions eu la chance de pouvoir vendre l'appartement de Marion en premier, puis l'achat du nouveau et la vente de mon ancien se ferait le même jour chez le même notaire. Il restait le problème de l'entreposage des meubles de Marion pendant presqu'un mois. J'avais bien une solution, d'entreposer cela dans le garage de mon paternel, il avait un garage pour trois voitures et n'avait qu'une petite Peugeot 208, autant dire qu'il ne manquait pas de place. Même si c'était la plus pratique et la moins onéreuse des solutions, il fallait passer par la case présentation de Marion aux vieux avec les risques de désapprobation et autres remontrances à venir. On allait voir aussi pour un garde-meuble, mais aucun n'était disponible dans un rayon correct par rapport au nouvel appartement et puis c'était vraiment cher pour ce que c'était. Nous décidions de le faire en deux étapes, une première rencontre pour présenter mon amoureuse, puis selon les réactions, une deuxième pour aller poser les meubles ou pas du tout.

En début de semaine, je me décidai à appeler mes parents, même si cela me coûtait énormément, mais c'était pour la bonne cause.

_ Allô, maman ? C'est Inès. Un long silence angoissant et très pénible à vivre s'installe, quand au bout de trente secondes, elle répond.

_ Inès, c'est toi ? Qu'est-ce qu'il te prend d'appeler ainsi ? Tu n'es pas morte ?

Ça ne pouvait pas mieux commencer n'est-ce pas ? En même temps à quoi pouvais-je m'attendre après tant de temps d'absence.

_ Avec ton père, on ne savait plus s'il fallait continuer à se faire du mauvais sang ou te considérer comme morte.

_ Tu sais très bien pourquoi je me suis éloignée, on ne va pas revenir sur tout ça, ce n'est pas le but de mon appel.

_ Tu as besoin de quoi alors ?

_ Maman !

_ Hé bien quoi, je suppose que tu as besoin de nous pour faire cet effort de nous appeler.

_ Je vous appelle parce que j'ai rencontré quelqu'un, avec qui je suis bien, avec qui je veux finir ma vie et que je souhaitais vous présenter. Enfin si toutefois cela peut vous faire plaisir, je pourrais comprendre si vous ne vouliez plus rien savoir de mon existence après tout, puisque vous vous êtes habitués à ma mort.

_ Ne dis pas ce genre de chose à la légère, ce n'est pas nous qui avons mis le large et coupé les ponts que je sache.

_ Maman, encore une fois, je n'ai pas très envie de ressasser le passé. Le passé appartient au passé. Dois-je te rappeler l'enfer que vous m'avez fait vivre avec vos préjugés, vos remarques incessantes sans parler du matraquage que j'avais eu avec mon frère et ma sœur. Je n'ai jamais été aussi heureuse de ma vie, sincèrement et je pensais que cela pourrait vous faire plaisir et nous permettre, peut-être de nous rapprocher ?

_ Nous sommes très surpris avec ton père de ton appel, comprends-nous, mais rien ne peut faire plus plaisir à des parents que de savoir ses enfants heureux, enfin.

_ Je n'avais jamais espéré autant de bonheur, réellement, je suis comme envoûtée et heureuse du matin au soir et du soir au matin. Il m'arrive même de me réveiller avec le sourire aux lèvres en pensant à notre bonheur, c'est tellement bon de se sentir aimée de la sorte.

_ Ce garçon doit venir d'une autre planète ma parole, où l'as-tu déniché ?

_ Ce n'est pas un garçon maman, les garçons m'ont fait beaucoup de mal et m'ont déçue énormément. C'est une fille, elle est belle, douce, gentille et attentionnée, elle s'appelle Marion.

_ Ha bien, décidément, c'est la journée des surprises aujourd'hui ! C'est que de notre temps, il ne se passait pas trop ce genre de chose, tu sais !

_ Oui maman, je sais bien, mais aujourd'hui, les mœurs ont bien évolué tu sais ça quand même, vous avez bien encore votre télévision ?

_ Oh oui, on se demande où ça va finir tout ça, c'est bientôt la fin de la civilisation, j'en ai bien peur !

_ Est-ce que ça vous dit qu'on passe dimanche midi ? Je t'apporterai le vin si tu veux bien ?

_ Eh bien, oui dimanche midi, je vous ferai un rosbif avec un gratin dauphinois, si vous voulez ?

_ On ne mangera pas de viande nous mais le gratin dauphinois sera parfait.

_ Vous n'allez pas manger que des patates quand même ?

_ Si maman, ça nous va très bien, tu nous feras une salade et on finira par un bout de fromage, c'est plus qu'il nous en faut, crois-moi !

_ Bon, on reste là-dessus, du coup je ferai peut-être juste une tranche de steak pour ton père alors.
_ A dimanche alors ? On passera vers 11 h 30, si ça vous va ?
_ C'est parfait, à dimanche alors.
Marion, qui n'avait pas loupé une miette, me regardait d'un air interrogateur.
_ Alors, ça ne s'est pas trop mal passé non ?
_ Bah le début était très mal parti quand même, et je ne suis pas certaine, que ce soit gagné non plus ? On sera vite fixées, de toute façon, je fais cela parce qu'ils sont vieux et qu'avant de partir, ils ont le droit de savoir mon bonheur, mais je ne veux plus vivre l'enfer, donc si ça vire à nouveau à l'autocontrôle, c'est mort ! Je coupe les ponts une bonne fois pour toute.
_ Mais non mon ange, fais-moi confiance, je vais les hypnotiser comme je l'ai fait avec toi, tu ne connais pas encore mon irrésistible pouvoir de séduction ?
_ Si, très bien même et je l'adore, mais je n'ai pas encore vu une pierre tomber follement amoureuse de toi non plus !
_ Hoooo de suite les grands mots, laisse faire, je suis confiante.

La semaine passa assez vite, j'avais pris le temps d'acheter une bonne bouteille de vin rouge, pour mettre mon père dans ma poche, et une belle plante grasse pour le jardin et des Lys blancs, ma mère en raffolait. Marion avait pris la bouteille et j'avais les fleurs d'une main et la plante de l'autre. Lorsque la porte de chez mes parents s'ouvrit devant ma mère, j'ai ressenti comme un bref moment de panique. Cela faisait si longtemps que nous ne nous étions pas revues. Elle me paraissait encore plus vieille que ce que je m'imaginais. Marion prit l'initiative et donna une accolade à ma mère en se présentant ce qui a eu le mérite de dérider la situation. Ma mère me proposa de me débarrasser et prit la plante grasse pour la poser sur la table du jardin puis les fleurs pour aller les mettre dans un vase à la cuisine. Lorsqu'elle revint enfin elle me prit dans ses bras, mais ce geste ne me paraissait pas spontané ni chaleureux, j'étais moi-même en demi-teinte, je ne savais pas dire si cela me faisait plaisir ou me paralysait de les revoir. Mon père décida enfin de se lever du fauteuil et de venir à notre rencontre, une fois de plus Marion prit l'initiative de lui tendre la bouteille et de lui donner un câlin en se présentant. Puis il se rapprocha de moi pour me prendre dans ses bras, ses yeux étaient gonflés, visiblement, il avait pleuré juste avant notre arrivée. Notre câlin dura quelques instants, suffisamment pour me faire monter les larmes, j'étais à deux doigts de m'effondrer en sanglot. Comprenant mon état, Marion entreprit de lancer la conversation sur la décoration de la maison et le calme du quartier. Je lui lançai un regard appuyé pour la remercier d'être aussi prévenante envers moi, envers mes parents et la situation. Je ne pouvais rêver meilleure compagne, vraiment. La discussion ainsi lancée, nous prenions un apéritif dans le salon et Marion dirigeait la manœuvre en évitant les sujets qui risqueraient de nous mettre dans une mauvaise position mes parents et moi. J'étais sous le charme et je l'admirais encore plus, je ne pensais pas que je puisse encore l'aimer plus que ça, mais c'était bien ce qui se passait là devant mes yeux. Ce bout de femme était vraiment incroyable, au bout d'une heure d'apéritif, elle avait mis mes parents dans sa poche et l'ambiance était redevenue sereine, chaleureuse et courtoise. À plusieurs reprises, mes parents firent la remarque qu'ils étaient contents de me voir si épanouie et si heureuse visiblement, ils ne s'attendaient pas à me voir si rayonnante et remercièrent Marion de m'avoir transformée ainsi. Mon appréhension du début avait complétement disparu, grâce à ma chérie qui me rendait de plus en plus fière d'elle. Mes parents voulurent savoir comment on s'était rencontrées. Marion inventa une histoire rocambolesque selon laquelle nous nous serions retrouvées avec la même chambre d'hôtel au Portugal et que cette petite faute de la réception nous avait donné droit à un repas offert le soir même. Elle raconta ce repas imaginaire comme si nous l'avions réellement vécu, et j'étais en admiration devant son imagination et sa façon de raconter de manière détournée comment elle était tombée amoureuse de moi. Elle commenta nos discussions supposées de ce soir-là en soulignant tous les traits de mon caractère et de ma personnalité qui, selon elle, font de moi une personne exceptionnelle. Je l'écoutais attentivement sans pouvoir dire quoi que ce soit, je buvais ses paroles, je l'aimais à la folie tout simplement et visiblement cela devait se voir à mon attitude, à mes regards. Je voyais une étincelle briller dans les yeux de mes parents, visiblement contents de me retrouver et encore plus que je sois heureuse au-delà de ce qu'ils auraient pu imaginer. Bien sûr, ils ne manquèrent pas d'expliquer que pour eux, c'était surprenant et déroutant de voir un couple de femmes et qu'ils n'auraient jamais pu imaginer cela pour moi. Que cela était dû à leur génération, et leur éducation, mais qu'ils préféraient me savoir heureuse et épanouie avec elle, plutôt que malheureuse avec un garçon. Ils avaient tellement entendu dans leur entourage, d'histoires de couples qui ne fonctionnaient pas bien, avec des trahisons, des divorces, même des femmes battues, qu'ils étaient contents de nous savoir heureuses et en harmonie parfaite. Finalement, lorsque Marion expliqua notre situation avec l'achat de notre appartement et les déménagements à venir, c'est mon père spontanément qui nous proposa d'entreposer des affaires dans le garage si cela nous arrangeait. On se quitta avec de grandes accolades et la promesse de venir de temps en temps manger et passer un peu de temps avec eux. Sur le chemin du retour, Marion n'arrêtait pas de me taquiner sur le fait que j'avais des parents adorables et que j'avais été peut-être un peu dure avec eux. Mais elle se vantait surtout de la façon dont elle avait mené les débats et envoûté mes parents comme elle me l'avait annoncé. Nous entamions une période difficile avec les préparatifs des déménagements, mais en même temps très excitante aussi. Nous aurions le temps de nous reposer et de nous prélasser dans notre chez nous très bientôt. Le jour de la signature tant attendu arriva enfin. Par cette signature, nous nous engagions un peu plus dans notre histoire commune. Ce n'était pas un mariage ou quelque chose du genre certes, mais cela était quand même un engagement fort et nous le vivions tellement solennellement toutes les deux. Ce grand jour était enfin là, nous étions un peu tendues entre le travail et les cartons, cela ne nous avait laissé que peu de temps pour nous deux et l'une comme l'autre, nous regrettions ce manque de câlins et de moments tendres entre nous. Finalement, le déménagement se passa à merveille, nous avions très bien préparé notre coup et la plupart des cartons avaient été vidés et rangés en un temps record. Il restait juste quelques cartons dans le garage de mes parents, mais nous savions que cela pourrait attendre, il n'y avait rien d'important dedans, l'essentiel étant des doublons dont nous souhaiterions nous débarrasser par la suite. Le jour de la remise des clefs restera gravé dans ma mémoire. Ce jour-là, arrivées devant la porte de notre « chez nous », Marion me prit dans ses bras pour me faire franchir le seuil de la porte et me déposer au salon avec des tendres baisers au passage. Puis, je la tirai au-dehors pour à mon tour la prendre dans mes bras et franchir la porte de notre nouveau nid d'amour, cela nous fit beaucoup rire.

Maintenant, nous avions du temps devant nous pour souffler un peu et faire redescendre la pression du déménagement.

Marion s'installa dans le fauteuil suspendu biplace sur le balcon pendant que je nous servais deux flûtes de champagne, tradition oblige. Nous restions un bon moment, calées comme ça à regarder notre nouvelle vue blotties l'une contre l'autre. Un oiseau tout blanc, une colombe, peut-être, passa sur le balcon en nous rasant, comme pour nous souhaiter tout le bonheur du monde. Marion avait changé de poste, avec une promotion au passage. Faut dire qu'elle avait fait du bon boulot et que cela avait été remarqué et justement récompensé. Elle était heureuse dans sa vie de couple aussi bien que dans son travail.

27- *La peur au ventre*

Marion se plaignait de plus en plus de la circulation impossible dans Toulon avec les travaux et l'intensité de la circulation urbaine tous les matins et tous les soirs ! Il faut dire que ses horaires de travail lui faisaient prendre la ville au pire moment dans les deux sens. Elle arriva un soir avec des prospectus pour des scooters 125 cm3.

_ Regarde, il est sympa celui-ci et comme ça le week-end, je t'emmènerai à la plage avec, qu'en penses-tu ?

_ Je n'en pense pas grand-chose, si ce n'est que c'est dangereux quand même non ? Quand je vois comment ils se faufilent entre les voitures, j'en ai tous les sens retournés.

_ Bah, je ne vais pas m'amuser à faire du rodéo pour aller au travail, mais rien que de remonter les voitures aux feux rouges, je pense gagner près de la moitié du temps du trajet, du temps que j'aurai à te consacrer d'ailleurs ! Dit-elle d'un air malicieux.

_ Mais tu es vraiment sérieuse ou bien, c'est juste pour me taquiner là ?

_ Non, je suis très sérieuse, mais je voulais t'en parler d'abord, si tu es d'accord, vu qu'il me reste de l'argent de la vente de mon appartement, je comptais en investir une petite partie pour m'en acheter un. Le concessionnaire a un scooter d'occasion qui a très peu de kilomètres, très peu servi et à un très bon prix. Si tu es d'accord, je passe le réserver demain, il m'a promis de lui faire une révision et que je pourrai l'avoir pour jeudi.

_ Oui, si tu penses vraiment que c'est une bonne solution, vas-y fonce, enfin achète-le mais ne fonce pas justement.

_ Tu pourras me rejoindre là-bas pour 18 h 00, afin que je nous achète quelques équipements indispensables, tu veux bien ?

_ Je resterai un peu plus au travail et te rejoindrai direct, OK.

Le jeudi arriva comme une fusée, je n'avais pas vu les jours passer. Marion était déjà arrivée sur place avant moi, elle avait pris une heure de repos afin de ne pas tomber dans le gros du trafic et être détendue au magasin. On essaya quelques blousons, des gants et bien sûr des casques. Le vendeur était de très bon conseil et cela ne nous a pas pris trop de temps. Comme nous étions toutes les deux en voiture, le gars nous proposa de nous suivre en scooter pour nous l'emmener et Marion le ramènerait au magasin dans la foulée. Pendant que Marion ramenait le jeune au magasin, j'en profitais pour ranger le garage afin qu'elle n'ait pas trop de difficultés à entrer et sortir avec le scooter. Elle arriva au garage tout excitée avec un sourire ravageur.

_ On va faire un tour à la plage ? Je t'offre une crêpe, allez, tu veux bien ?

_ Bah je suis crevée, mais je suppose que c'est une requête incontournable, vu ta frimousse ?

_ Promis on ne reste pas longtemps, j'ai besoin de voir comment se comporte la bête avec deux folles dessus !

Ce fut une balade bien sympathique et romantique à souhait. Mais la douche et le dodo qui suivirent derrière furent très appréciés aussi, tellement la journée avait été rude.

Dès le lendemain, Marion ajusta son heure de départ de la maison tout en se gardant une marge de manœuvre. Au bout de la semaine, elle avait une bonne idée des temps de trajets et elle gagnait presque la moitié du temps effectivement, mais, surtout, elle arrivait plus détendue le soir et cela n'était pas pour me déplaire en fin de compte.

De temps en temps, il nous arrivait de partir après son travail prendre un verre au bord de la plage du Mourillon, et c'était très fun, je dois l'avouer.

Nous avions bien pris nos marques et la vie s'écoulait paisible.

Ce mercredi-là, comme il avait plu toute la nuit et que les champs étaient inondés, ma patronne m'avait appelée tôt le matin pour me dire de ne pas venir travailler et que comme la météo prévoyait de la pluie encore toute la journée, elle me dirait le soir pour le lendemain si cela valait la peine de venir au champ ou pas.

Je décidai donc de partir marcher dans le quartier, j'enfilai une parka avec une capuche, les écouteurs rivés aux oreilles me distillaient une musique planante et je déambulai à la conquête des rues du quartier.

Avec cette pluie, qui par chance était encore assez fine, l'atmosphère était des plus lugubres, mais en même temps de sortir de l'appartement me faisait du bien.

D'un coup, j'aperçois un caviste sur l'autre trottoir, je traverse d'un pas pressé pour aller voir quelle bonne bouteille j'allais pouvoir dénicher pour ce soir, quand mon portable se met à sonner et vibrer.

_ Allo ?

_ Allo vous êtes bien Mademoiselle Inès Plantat, me demande une jeune femme ?

_ Oui c'est moi, c'est pourquoi ?

_ Vous êtes bien en couple avec Mademoiselle Marion Borgy, c'est exact ?

Je commençais à trouver cela étrange, qui était cette mystérieuse personne et que nous voulait-elle ? A son ton, j'étais persuadée qu'il ne s'agissait pas d'une plaisanterie, mais je ne parvenais pas à comprendre son approche.

_ Oui, mais que nous voulez-vous, et qui êtes-vous ?

_ Je suis infirmière à l'Hôpital Font pré de Toulon, nous avons admis Marion à la suite d'un accident de scooter, mais ça va, ne vous inquiétez pas, elle n'a que quelques contusions et des hématomes, elle n'a pas perdu connaissance et c'est elle qui nous a demandé de vous prévenir.

_ Oh mon dieu, mais elle va bien, c'est sûr ?

_ Autant qu'on puisse après un choc pareil, ses constantes sont normales et comme je vous ai dit, elle n'a pas perdu connaissance, c'est déjà une bonne chose, nous la gardons sous surveillance pour cette nuit, ensuite elle pourra aller en chambre pour récupérer, mais ça ne devrait pas être long.

_ Je peux passer la voir maintenant ?

_ Oui bien sûr, vous ne pourrez pas rester longtemps, mais demain si elle est en chambre vous pourrez venir toute la journée et même rester la nuit si vous le souhaitez.

_ Dans quelle chambre est-elle, où dois-je aller.

_ Venez aux urgences, et demandez à la voir au secrétariat, je laisse les consignes, elle est aux soins intensifs.

_ Merci, merci, j'arrive tout de suite, encore merci.

Je repassai vite fait par la maison pour prendre quelques affaires de rechange ainsi que le nécessaire de toilette. Si demain elle se retrouvait en chambre comme me l'avait annoncé l'infirmière, Marion aura de quoi se faire un brin de toilette. Tout le long du voyage, je n'arrêtai pas de penser à l'accident qu'elle venait d'avoir, mais surtout, j'essayai de chasser de mon esprit toutes ces idées noires qui revenaient sans cesse…
Elle aurait pu être paralysée…
Elle aurait pu tuer quelqu'un…
Elle aurait très bien pu se tuer elle aussi…
Je n'avais pas la force d'imaginer un de ces scénarios catastrophe, aussi, je m'efforçais de chasser cela avec force et conviction en me répétant à longueur de temps qu'elle allait bien, que ce n'était pas grave et qu'on allait bientôt en rire toutes les deux.
Mais les idées noires sont tenaces semble-t-il ! Je n'arrêtais pas de m'imaginer le pire et de repasser en boucle une scène d'accident ou je voyais Marion voltiger par-dessus des voitures puis s'écraser sur le sol dans une mare de sang. Que deviendrais-je sans elle ? Après tout ce que j'ai vécu, et maintenant enfin le grand bonheur dans lequel nous vivons toutes les deux, comment pourrais-je continuer si elle me quittait ?

C'est seulement lorsqu'on est confronté au pire que l'on se rend compte que la vie est vraiment éphémère et que tout peut vous être retiré en un claquement de doigt. Il faut vivre chaque instant intensément comme si celui-ci devait être le dernier et surtout ne pas perdre de temps, jamais, en futilité.

En serions-nous seulement capables, la vie nous entraîne dans son tourbillon quotidien de tâches répétitives et souvent inutiles à notre propre bonheur, et sans qu'on s'en rende compte, une journée de plus est passée.

Si le soir en se couchant, on apprenait que cette journée avait été notre dernière et qu'on eût la chance, le choix, de pouvoir la rejouer intégralement, que changerions-nous ? Probablement, tout, mais cela n'est pas réalisable n'est-ce pas. On commencerait certainement par ne pas aller travailler, c'est presque certain, mais si on faisait ça chaque jour, en faisant comme si ce jour était le dernier, mais qu'heureusement ce n'était pas le cas, de quoi vivrions-nous à la fin du mois ?

Voilà un sacré dilemme :

Sans argent, nous ne pourrions pas vivre, mais d'un autre côté, travailler pour gagner de l'argent, nous fait passer à côté de notre vie ! La société moderne, au lieu de nous améliorer la vie, nous a gentiment, doucement, mais sûrement fait tomber dans une dépendance chronophage qui nous fait passer l'essentiel de notre vie terrestre à côté des vraies choses ! Comment vivaient les « primitifs » ? Certainement pas dans ce rythme effréné (métro/boulot/dodo).

Nous ne pourrions certainement pas changer grand-chose à nous deux, certes, mais je prenais l'engagement de ne jamais plus gaspiller nos temps libres de manière futile et de profiter à 100 % du peu de temps que nos boulots respectifs nous laisseraient.

La personne à l'accueil des urgences avait bien reçu les consignes et une infirmière me montrait le chemin pour rejoindre ma chérie. J'avais la gorge nouée et le cœur lourd, comment allais-je donc la trouver ? Lorsque j'arrivai devant son lit, Marion avait des tuyaux un peu de partout et un écran de télé reprenait en boucle ses constantes vitales, un rapide coup d'œil me rassurait sur le fait que tout paraissait normal, d'autant que je puisse juger.

Marion arborait un sourire en coin qui semblait vouloir dire ; ce n'est pas trop grave, détends-toi ! Elle n'était pas trop amochée, enfin son visage n'était pas marqué. Elle avait été renversée par un 4x4 et avait rebondi sur son capot avant de chuter lourdement sur le bitume mouillé, d'après les témoignages que les pompiers avaient recueillis, le conducteur du véhicule était en train d'écrire un texto sur son portable et n'avait pas vu Marion qui avait la priorité. Maigre consolation pour ainsi dire, mais elle n'était fautive de rien. Je ne pouvais pas rester, comme me le précisait l'infirmière, mais elle pensait que Marion serait en chambre dès le lendemain. Je rentrai donc à la maison pour ce qui allait être ma pire nuit depuis bien longtemps. Effectivement, je n'avais pas réussi à fermer l'œil, alternant entre somnolence qui m'apportait immédiatement son lot d'idées noires et de scénarios catastrophes et des micro-réveils pour chasser tout cela. Ce matin-là, la douche ultra chaude, à la limite du supportable, me fit le plus grand bien. À peine préparée, je sautai sur le téléphone pour prendre des nouvelles. Elle avait dormi sous l'effet des sédatifs, et venait d'être transférée dans sa chambre. (N°137, comme un clin d'œil à la chambre de notre rencontre au Portugal !)

Sans perdre de temps, je me dirigeai vers l'arrêt de bus pour rejoindre l'hôpital. J'avalai les marches deux par deux, ne voulant pas perdre de temps dans l'ascenseur, et me retrouvai dans ses bras pour un petit câlin, parce qu'elle avait des écorchures sur les bras et les jambes et souffrait encore pas mal. Elle ne m'en apprenait pas plus que le récit que les pompiers avaient fait à l'hôpital puisqu'elle n'avait rien vu ni compris.

La seule chose de nouveau, c'est que le médecin lui avait dit qu'elle s'en sortait bien grâce à son équipement de qualité, il lui confia qu'il en voyait tous les jours, en tong, short et T-shirt, et les blessures étaient nettement plus problématiques. Je décidai qu'après ma visite, j'irais remercier le vendeur de nous avoir orienté vers du matériel de qualité et j'en profiterais pour lui racheter les mêmes affaires (casques, gants et blouson). Le médecin devrait passer dans la matinée et Marion m'appellera aussitôt pour me dire ce qu'il lui aura dit. Après un tendre baiser, je partais rejoindre mes champs pour une journée de labeur, en attendant l'appel de ma chérie et l'espoir de l'avoir rapidement à la maison pour la choyer comme il se doit. Lors de la pause, je n'avais toujours pas eu de nouvelles de Marion et j'en profitai pour appeler le vendeur et lui raconter sa chute, le remercier de ses précieux conseils et de repasser commande pour les équipements qui avaient joué leur rôle. Je passerais récupérer et payer cela ce soir après le boulot. Je venais juste de reprendre le travail sous un soleil de plomb lorsque mon téléphone sonna enfin.

_ Coucou ma chérie, ce n'est pas trop dur pour toi, avec cette chaleur ?

_ Si, un peu, mais alors dis-moi qu'est-ce que t'a dit le médecin ?

_ Bah, en fait il n'est pas encore passé, mais l'infirmière m'a dit qu'elle pensait que je serais dehors pour ce week-end, donc ça veut dire que je sortirais vendredi ou samedi au plus tard, c'est cool non ?
_ Oui, je me languis d'être ton infirmière particulière, je demanderai deux ou trois jours en début de semaine pour bien m'occuper de toi mon cœur.
_ Non, ne change rien, normalement, je n'aurai pas besoin de grand-chose, du repos et tout rentrera dans l'ordre, tu sais.
_ J'ai toujours voulu être infirmière, tu ne vas pas me priver d'une telle occasion.
_ Tu es folle ma chérie.
_ Oui folle de toi mon cœur, tu ne sais pas à quel point !
_ Si je le sais et c'est juste un peu moins que moi !
_ Même pas en rêve, bécasse !
_ Sinon avant que j'oublie, le garagiste qui a récupéré le scooter va prendre contact avec toi pour t'expliquer ce qu'il va faire, il faudra prendre contact avec l'assurance.
_ Ok je m'en occupe dès que je rentre.
_ Bisous mon ange, je t'aime
_ Bisous, moi plus !
_ Non, c'est moi et je raccroche.
Après une dure journée de travail harassant sous un soleil de plomb, je rentrai à la maison en

faisant un crochet vers le magasin moto pour récupérer et payer la tenue de guerrière de ma chérie. Le garagiste m'avait appelée juste un peu avant que je finisse le travail pour m'expliquer tout ce qu'il devrait remettre en état, et il pensait en avoir pour une bonne semaine. Vu l'état de santé actuel de Marion, cela ne poserait pas de problème. Je pris la peine d'appeler son assurance, et la jeune fille au téléphone, très gentille et courtoise, m'expliqua qu'ils avaient pris contact avec l'assurance du chauffeur du 4x4 et que tous les frais seraient pris en charge du fait de sa responsabilité à 100 %, il risquait même de perdre son permis à cause des points perdus pour avoir utilisé son téléphone au volant. Je n'arrivais pas à avoir de la compassion, tant mieux, ça fera un chauffard de moins !

Le samedi suivant, Marion était sortie comme prévu et je passai mes premières journées aux petits soins auprès d'elle. J'avais réussi, quand même, à poser deux jours de congés, enfin ce n'était pas comme dans l'administration, tout ça se passait de vive voix et en bonne entente avec ma patronne. Il ne fallut pas moins de 15 jours pour Marion pour être de nouveau sur pied. Son premier jour de reprise fut un calvaire pour moi, discrètement, je l'avais suivie jusqu'à son travail tellement je n'étais pas rassurée de la savoir sur son scooter. Le soir venu, elle me passa un petit savon, apparemment mes talents de détective étaient à revoir depuis le début. Enfin, me connaissant par cœur, elle avait anticipé le fait que je réagirais comme ça et un rapide coup d'œil dans son rétroviseur, lui confirma qu'elle avait bien raison. Au début, je faisais souvent des cauchemars dans lesquels Marion voltigeait dans les airs, puis avec le temps ceci s'était calmé et je n'en faisais presque plus ou du moins, très espacés.

La vie semblait avoir repris son cours, cet accident n'étant plus qu'un mauvais souvenir. Cependant, cela me hantait quand même de temps en temps, j'avais encore du mal et souvent mes pensées me forçaient à réfléchir à ce que serait devenue ma vie si Marion était devenue paralysée ou bien pire, si elle était morte. De longs frissons me parcouraient le corps, le long de ma colonne vertébrale et je devais vite chasser ces idées noires afin de pouvoir continuer ma journée normalement. En fait, quand on y réfléchit, on est tous condamnés à mort, et cela dès le jour de notre naissance, mais personne ne sait quand cela arrivera, ni comment cela arrivera. C'est bizarre quand on y pense !

Je sais que Marion, qu'elle l'avoue ou non n'a pas grande importance, a une forte appréhension maintenant en prenant son scooter, et elle va beaucoup moins vite aujourd'hui, même si elle n'y était pour absolument rien dans l'accrochage et même si sa vitesse était plus que raisonnable ce jour-là, mais le fait qu'elle n'ait rien vu venir, cela l'a pas mal chamboulée. C'est en soit une bonne chose, elle n'a pas suffisamment peur pour abandonner le scooter, mais assez pour rouler encore plus doucement et prudemment, ce n'est pas fait pour me déplaire.

28-   En une fraction de seconde...
   (Arezki)

J'étais en mode « chasse ». Je roule en ville, sans autre but que de repérer une jolie fille, enfin une proie comme on dit avec les copains. Cela faisait un moment qu'on n'avait pas pris du bon temps avec une proie. Mes dernières trouvailles n'étaient pas assez naïves ou alors vraiment sur leurs gardes ce qui ne m'avait pas permis de finir la mission. J'étais vraiment le plus mignon de la bande, et les copains misaient tout sur moi. C'est sûr que mon regard ne laissait pas les jeunes filles indifférentes, mais là où j'avais encore du mal, c'était lors des discussions avec elles. Je n'étais pas toujours à l'aise, parfois maladroit ou brusque, parfois trop direct ou alors je n'avais tout simplement pas le niveau. Mon éducation était vraiment très limitée, j'ai dû quitter l'école très tôt. De toute façon, à l'école, je passais mon temps à draguer les filles et à me faire exclure pour comportement inapproprié, voire agressif (ça c'était avec les autres garçon quand ils me prenaient la tête). Il était presque 17h00, et les jeunes lycéennes allaient forcément pointer le bout de leur nez d'ici peu, je devais être à l'affût et rechercher, parmi ces candidates, celle qui me donnerait le moins de mal possible, de préférence une extravertie un peu dévergondée.

Je remonte la rue tranquillement au volant de ma vieille bagnole, scrutant les trottoirs, à l'affût. Il fait beau et les filles commencent à exhiber ventres et cuisses bien bronzés pour notre plus grand plaisir. Une belle jeune femme descend la rue sur le côté droit et je ralentis afin de mieux l'observer. Elle est tout à fait charmante et serait une proie sublime. En arrivant presque à sa hauteur j'ai la sensation de la connaître mais d'où ? Je décide de refaire un tour pour la regarder une deuxième fois. Le temps de faire le tour du pâté de maison, elle avait avancé de quelques centaines de mètres et je passe encore plus lentement pour bien avoir le temps de la mater. Cette sensation de déjà vu ne fait que s'accentuer mais sans pour autant réaliser où j'ai pu déjà avoir vu cette belle femme. Je fais marcher mes méninges le temps de refaire un troisième passage. Elle ne fait pas partie de mon quartier, ni de mes connaissances (trop belle et distinguée pour cela). Je cherche encore et encore, tourne dans la rue et remonte lentement vers elle. Elle tourne la tête et regarde dans ma direction et là, comme dans un éclair, j'ai soudain la vision d'elle dans ce bar avec nos deux mojitos. Je ne peux détourner mon regard et machinalement la voiture bifurque vers elle. Son visage se crispe, elle m'a reconnu c'est sûr, mon sang ne fait qu'un tour, j'accélère comme un fou et vire un peu plus à droite, monte sur le trottoir et la prend en sandwich contre un platane. Le choc est terrible, je ressens une violente douleur au niveau de ma poitrine, mes genoux et ma tête qui risque d'exploser tellement je sens la pression dans chacune de mes veines. Je me sens partir, j'entends les cris et les bruits disparaître au fur et à mesure. Lorsque j'ouvre les yeux, je suis dans un lit, vraisemblablement dans un hôpital. J'ai mal un peu partout, je me sens très vasouillard. Je me réveille un peu plus et commence à reprendre mes esprits, je regarde à gauche et à droite, je suis seul dans la chambre et c'est cool. Je vois un verre d'eau posé sur la table de chevet et c'est lorsque je tente de le saisir que je m'aperçois que mes mains sont menottées au lit. Que s'est-il passé ? c'est encore confus dans ma tête, je pense que j'ai eu un accident, même si je ne m'en rappelle pas exactement, mais j'étais en règle, pourquoi ces menottes ? J'ai une poire à portée de ma main droite, je décide d'appuyer dessus, je suppose que ça fera venir à moi les soignants. J'entends une agitation devant ma porte et un policier suivi d'une infirmière entre dans la chambre. Je commence à avoir peur, que fait ce flic à mon chevet ?

_ Oh, c'est quoi ce merdier, pourquoi je suis attaché comme ça ? Qui tu es toi ?

_ Bonjour monsieur, j'étais de garde auprès de vous dans l'attente de votre réveil. Sur accord des médecins vous allez être transféré à la prison de Toulon-La Farlède ce matin. Vous êtes accusé de l'assassinat d'une jeune fille que vous avez sciemment percutée avec votre automobile.

Le flou commençait à se dissiper et je revoyais la scène. Cette fille qu'on avait choppée et violée m'avait reconnu à son regard et je lui ai foncé dessus comme par reflexe pour me protéger. A présent toutes les images défilaient dans ma tête, je n'avais plus le moindre mal à me souvenir.

Le transfert à la prison pris moins d'une heure, me voilà à présent dans ma cellule. Une demi-heure à peine après mon arrivée, je suis dirigé dans une salle et je subis un premier interrogatoire. Le gendarme chargé de l'enquête, accompagné d'un autre moins gradé visiblement, me pose plusieurs questions sur mon état civil, mon adresse tout ça, puis me demande de décrire les faits tels que je les ai vécus. Je lui raconte que je roulais tranquillement puis que la voiture s'était mise à accélérer sans raison que j'ai eu peur et que j'ai eu le réflexe de viser un arbre pour m'arrêter sans trop réfléchir. Il me demande si c'est tout ce dont je me souviens et je lui réponds que oui. Puis il s'en va et on me ramène dans ma cellule. J'en profite pour m'assoupir un peu et j'étais presque complètement endormi quand on revient me chercher pour un deuxième interrogatoire. Le même gendarme me redemande la même chose en précisant si vous vous souvenez de quelque chose d'autre ou si vous voulez changer votre version allez-y.

_ Non pourquoi, je n'ai rien d'autre à dire, vous n'avez pas pris de notes c'est ça ?

_ Ne soyez pas arrogant, s'il vous plait. Aussi bizarre que cela puisse vous paraître, j'aimerais que vous racontiez une deuxième fois votre version des faits.

Je lui redis la même chose, je me dis en moi qu'ils sont bien emmerdés puisqu'ils ne peuvent rien contre moi.

_ Monsieur Arezki Mezoued, nous avons le témoignage d'au moins deux personnes qui affirment que vous êtes passé trois fois successivement dans cette rue.

_ Oui, je ne me souviens plus bien mais je cherchais une adresse et je ne trouvais pas alors il est possible que je sois passé deux fois ou trois peut-être dans cette rue, oui.

_ Vous souvenez vous de ce que vous cherchiez exactement ?

_ Je viens de vous le dire, une adresse !

_ Dans cette rue-là ?

_ Ça je ne m'en souviens plus, oui c'est possible !

_ Les témoins affirment que vous dévisagiez la jeune femme que vous avez écrasée avec votre voiture contre un platane, vous la connaissiez ?

_ Quoi ? Il n'y avait personne j'ai juste atterri dans un arbre moi !

_ Hélas non Mr Mezoued, entre votre calandre et l'arbre il y avait une jeune femme qui est morte des suites de ses blessures. Je vous repose la question, connaissiez-vous cette femme ?

_ Mais non puisque je vous dis que je n'ai vu qu'un arbre, j'ai vu personne d'autre.

_ Les témoins sont formels, vous ne la quittiez pas des yeux déjà lors de votre passage précédent et lors de l'accident. Vous maintenez vos déclarations ?

_ Bah ouai, je sais que j'ai raison alors.

_ Bon, un avocat vous sera commis d'office si vous n'en avez pas, rendez-vous lors de votre procès.

Lorsque Marion arriva à l'appartement, elle fut très surprise qu'Inès ne soit pas là. Généralement elle arrivait toujours avant elle et soit elle avait fait le dîner soit elle était en train de le préparer. Marion laissa deux messages sur son portable, ça aussi c'était inhabituel, Inès répondait assez rapidement à ses appels en principe. Aussi, lorsque l'on sonna à la porte et que Marion vit la police par le Juda, ses jambes se mirent à trembler sans pouvoir s'arrêter. Elle ouvrit la porte avec du mal à respirer.

_ Oui bonsoir, c'est pour quoi ?

_ Bonsoir police Nationale, vous connaissez mademoiselle Inès Plantat qui doit habiter ici ?

_ Oui bien sûr, je suis sa compagne, que lui est-il arrivée ? Avant même la réponse, leur comportement non verbal ne laissait que peu de place au doute, mes larmes commencèrent à couler.

_ Je suis désolé, Inès a eu un accident de la circulation. Une voiture l'a percutée alors qu'elle était sur le trottoir. Elle a rapidement succombé à ses blessures avant même que les secours n'arrivent sur place, ce fut très rapide.

J'entendais la suite sans vraiment entendre ou comprendre ce qu'il me disait. Une brume épaisse avait pris place dans mon cerveau, les bruits, les sons et les images étant comme enrobés dans une ouate moelleuse qui amortissait tout ça. Je me suis retrouvée assise sur le canapé sans vraiment savoir comment j'étais arrivée de la porte d'entrée à cette position. La jeune policière qui était avec le gars qui m'avait annoncé la terrible nouvelle me tendait un verre d'eau. J'appuyais de toutes mes forces mes deux pieds par terre, il me semblait que tout se dérobait sous mes pieds, comme si je venais de sauter d'un avion en chute libre mais sans parachute...

Ils m'emmenèrent ensuite à la morgue pour l'identification. Dans la voiture je leur donnai les coordonnées de ses parents. J'étais encore sous le choc quand ses parents entrèrent dans la pièce. Son père se précipita sur moi et me serra dans ses bras, sans un mot, juste du ressenti. Puis sa mère me prit aussi dans ses bras, ses yeux rougis témoignaient sans aucun doute du chagrin qui avait dû être le sien. Quel coup du sort, à peine retrouvée, leur fille leur filait entre les pattes pour toujours cette fois. Nous restions un bon moment à papoter des derniers moments passés ensemble avec Inès, des projets que nous avions aussi puis ils insistèrent pour que j'aille avec eux à Cuers pour dormir. Selon eux, je ne pouvais et ne devais pas rentrer toute seule dans notre appartement. Malgré cette proposition pleine de tendresse et d'attention à mon égard, je refusai gentiment et leur promis de venir les voir le lendemain dans l'après-midi. De retour chez nous, je vidai mes préparatifs de repas à la poubelle directement, je n'aurais rien pu avaler de toute façon et préparai les gamelles pour les chats. Je ne pris même pas la peine de me mettre en pyjama, je pris un tranquillisant et m'emmitouflai dans un plaid en polaire sur le canapé avec un documentaire sur les animaux.

Tard dans la nuit je finis par tomber de fatigue, c'est le vacarme des deux chats, ligués contre moi, qui me sortit d'un cauchemar horrible. Mais non, ce n'était pas un cauchemar hélas, Inès n'était pas là, c'était bien la triste réalité. Il est presque onze heures, je décide de me secouer, d'abord une bonne douche. Je mets un peu d'ordre dans l'appartement puis je sors faire deux courses et remonte m'envoyer un petit déjeuner sur le pouce. Je règle les formalités avec mon employeur par téléphonne, je n'ai hélas droit qu'à une seule journée, n'étant pas mariée mais j'ai demandé des congés sans solde (je n'avais pas assez de jours de congés non plus, je n'y suis que depuis peu de temps). Je m'attends à chaque instant de la voir apparaître devant moi, avec son sourire radieux, et d'entendre sa voix. Qu'est-ce qu'elle me manque sa voix, je donnerais tellement pour remonter de deux jours en arrière. Je prends un café à la terrasse où l'on avait nos habitudes, puis je prends la route pour rejoindre ses parents à Cuers. Arrivée sur place, je fais la connaissance de son frère et sa sœur. Le contact est courtois mais sans plus, de toute façon cela ne m'intéresse pas plus que ça. Sa mère m'avait demandé de lui emmener des vêtements pour préparer Inès pour ses obsèques. Elle valide mon choix, à vrai dire j'ai pris des affaires simples comme elle aurait fait elle-même sans doute si elle était encore de ce monde. La cérémonie avait été d'une simplicité incroyable. Il y avait eu très peu de monde, et très peu d'échanges aussi. Nous nous quittâmes assez rapidement, chacun retournant à sa vie paisiblement comme si rien ne venait de se passer. Le lendemain, je me prépare et pars au travail, j'aurais aimé rester à la maison, mais à part tourner en rond cela ne m'aurait pas servi à grand-chose. L'esprit occupé, même très occupé car comme je ne suis pas concentrée sur ce que je fais je dois vérifier plusieurs fois afin d'être sûre que c'est parfait. Je continue à travailler, c'est certain mais mon rythme a chuté de toute évidence. Seul le temps arrivera à me faire reprendre un rythme normal comme avant le drame. La vie reprenait son cours, mais j'avais l'impression que tout le monde était sur la route et que moi j'étais sur la bande d'arrêt d'urgence au ralenti, les regardant passer à toute allure. Ma vie à moi était comme sur une autre dimension parallèle, je ne me sentais plus faire partie de ce monde, dans le mien, le vrai, il y avait Inès et on était follement amoureuses et heureuses. Les semaines me semblaient passer lentement, mais en réalité la vie ne s'était pas mise sur pause comme je me l'imaginais et demain s'ouvrait le procès du chauffard qui m'avait ôté ma dulciné. Je suis depuis 10 minutes dans cette salle et je suffoque presque, il fait chaud et j'ai du mal à respirer. Puis l'accusé rentre, presque triomphalement, visiblement pas en proie aux remords ni à la compassion pour ceux qu'il a fait souffrir. Il est même souriant et fait un signe à quatre copains à lui apparemment. Je le regarde le plus fixement possible, il ne peut se douter de qui je suis, ni du lien qui m'unissait à sa victime. Il arbore un sourire en permanence et a de beaux yeux verts, vraiment. Il a une gueule à qui on donnerait le bon dieu sans confession comme on dit souvent. Le procès commence, j'écoute mais je ne suis plus là. Au fur et à mesure je m'imagine être Inès et prendre sa place. Lorsque les témoins racontent qu'il était passé au moins trois fois et qu'à chaque fois il dévisageait Inès, j'ai tout de suite eu un Flash. Il se retourne souvent vers ses barbares de copains avec un sourire narquois. Soudain c'est comme une évidence et la suite du récit me conforte dans mon idée. Le verdict tombe finalement comme une offense de plus faite à Inès. Trois ans dont deux et demi avec sursis, ce qui ne fait que six mois ferme et comme il en a déjà passé quatre, il sortira dans deux mois à peine. Les semaines suivantes, je n'arrivais plus à rien au boulot et d'un commun accord avec mon boss, j'ai eu droit à une rupture conventionnelle et droit à un peu de chômage. Je passais assez souvent voir les parents d'Inès, j'avais la sensation bizarre que cela pourrait me rapprocher d'elle, même si on ne peut pas dire que nous avions passé beaucoup de temps ensemble tous les quatre. Mais j'avais aussi une quête, je devais me le procurer coûte que coûte. Lors de la visite de leur maison, son père dans son bureau m'avait montré un revolver dans une boîte dans un tiroir du bureau. Ce jour-là, alors que j'étais dans son bureau avec lui pour le café, il s'absenta quelques instants pour donner un coup de main à sa femme pour pousser un meuble. Je pris mon courage à deux mains et je récupérai l'arme ainsi que des cartouches. Le soir venu, je rentre à la maison mais je passe par la côte et m'engouffre dans un sentier proche de la mer à Carqueiranne. Je descends de la voiture et continue à pied dans le coin le plus reculé possible. Là, je commence à mettre les cartouches dans le revolver. J'ai le cœur qui bat à tout rompre mais j'essaie de me calmer du mieux que je peux, vise une branche à un mètre, me concentre et appuie sur la gâchette mais rien ne se passe. Heureusement que j'ai quelques films policiers à mon actif, je regarde sur l'arrière et trouve la sécurité. Je l'ôte, puis reprends ma visée. Je respire, bloque ma respiration et tire. Le coup part et mon cœur s'emballe lui aussi, je regarde à gauche à droite j'ai l'impression que le bruit a été entendu jusqu'à Toulon... je rentre vite à la maison et me sens prête. J'ai réussi par connaissance interposée à savoir qu'il serait libéré ce jeudi matin. Ce matin-là je me suis pointée à la sortie de la prison assez tôt pour être sûre de ne pas rater le rendez-vous le plus important de ces derniers mois. Vers 9 H 45, une 205 blanche toute cabossée arrive et se gare devant l'entrée (j'étais en retrait mais je voyais bien ce qu'il se passait). Quelques minutes plus tard, la grande porte s'ouvre enfin et ma cible avance nonchalamment vers la 205. Deux barbares sortent de la voiture et se jettent dans ses bras pour des embrassades viriles, ils venaient de retrouver leur poto. Ça chahute encore deux ou trois minutes puis ils montent dans la voiture et démarrent. Je les prends en chasse et ne les lâche sous aucun prétexte. On arrive dans une cité du côté de la Seyne, la voiture se gare, deux gars sortent et discutent avec le troisième en place passager avant resté assis dans la voiture. Je m'approche le plus doucement possible en essayant de ne pas faire de bruit et cela jusqu'à environ un mètre, là je sors le revolver et tire deux coups secs. Les deux barbares s'effondrent et laissent place dans mon champ de tir à Arezki, assis, terrifié et quelques éclaboussures de sang sur le visage.

_ C'est quoi ce bordel, t'es qui toi ? Dit-il visiblement effrayé.

_ La femme de celle que tu as écrasée contre un platane ça te revient maintenant Arezki ? Ou tu préfères peut-être que je t'appelle Steeve ?
_ Putain mais c'est bon là, j'ai payé pour ta meuf, casse-toi… Je ne lui laisse pas le temps de finir sa phrase. Le coup part dans un soulagement. Steeve lui aussi était parti, à voir ses yeux. Je lui avais logé la balle en plein cœur.
_ Ça c'est pour Inès, et celle-ci c'est mon cadeau à moi.
Je lui tire une balle de plus dans le crâne.
Je savais très bien qu'il manquait deux barbares et que ceux-là je ne les aurais pas mais je n'étais pas non plus Lara Croft et depuis toutes ces semaines que je rumine ça, je me disais que si je n'en avais ne serait-ce qu'un en plus de Steeve, les autres seraient sans doute suffisamment intelligents pour comprendre le lien avec Inès et tant d'autres sans doute, mais aussi assez effrayés pour mettre un terme à leurs saloperies ! C'est marrant que dans ces quartiers-là, tirer quatre coups de feu en plein jour passe presque inaperçu !!! Quelques personnes s'étaient regroupées mais devaient sans doute hésiter ne sachant pas trop ce qu'il se passait, ni si le carnage était fini. Je retourne dans la voiture, m'assoie au volant, j'ai mis en évidence une lettre pour la police en expliquant qui était Steeve et ses quatre amis barbares et ce qu'ils faisaient,

cela expliquant le pourquoi de mon geste. Une autre lettre pour ses parents en leur demandant pardon d'avoir volé le revolver à leur insu. Pardon, aussi, de ne pas avoir le courage de continuer seule. Je leur explique aussi quelle belle et bonne personne était leur fille. Je leur dis pourquoi elle avait agi de la sorte envers eux et comment elle m'avait toujours parlé en bien d'eux. Je leur dis plein de choses gentilles afin que la suite soit moins dure pour eux et qu'ils puissent se raccrocher à cela. Puis une dernière avec les clefs de la maison et un testament rapide dans lequel je demande que l'appartement soit partagé entre ma mère et mes beaux-parents (ou assimilés). Pour le reste, argent sur les comptes et scooter, cela devra être donné au refuge qui récupérera nos deux chats.

Je me mets à pleurer comme jamais je ne l'avais fait auparavant, pointe le canon dans ma bouche et presse la détente pour une dernière fois !